바인더북

바인더북 23

2016년 9월 20일 초판 1쇄 인쇄
2016년 9월 23일 초판 1쇄 발행

지은이 산초
발행인 이종주

기획 팀 이기헌 송윤성
책임 편집 이정규

발행처 (주)로크미디어
출판등록 2003년 3월 24일
주소 서울시 마포구 성암로 330 DMC첨단산업센터 3층 314호
Tel (02)3273-5135 **Fax** (02)3273-5134
홈페이지 rokmedia.com **E-mail** rokmedia@empas.com

© 산초, 2013

값 8,000원

ISBN 979-11-5999-593-4 (23권)
ISBN 978-89-257-3232-9 04810 (세트)

BINDER BOOK

바인더북

23

| 산초 퓨전 장편소설 |

c o n t e n t s

BINDER BOOK

CIA의 음모

파이낸싱스타 사무실.

붉으락푸르락하다 못해 펄펄 열이 끓어올라 당장이라도 달걀을 올려놓으면 프라이 요리가 될 정도로 얼굴이 벌겋게 달아오른 체프먼이다.

체프먼의 앞에는 호건과 마이클이 조용히 시립해 있었다.

"니들…… 도대체 뭐 하는 놈들이야!"

파라라락.

탁자에 놓여 있던 서류를 또다시 내던진 체프먼이 콧김을 뿜으며 씩씩댔다.

이미 구겨지고 찢긴 서류들이 바닥에 지천으로 흩트려진 상태였다.

그렇게 한동안 말없이 씩씩대기만 하던 체프먼의 입이 열렸다.

"무려…… 8억 1천7백만 달러다."

흥분을 억지로 다스린 말투는 조용했지만 짓이기듯 내뱉는 말이다.

호건과 마이클은 내색 없이 숨만 들이켤 뿐이었다.

대학 생활 4년 동안 늘 붙어 다니다시피 했던 사이라 호건과 마이클만큼 체프먼의 성격을 잘 아는 사람도 드물었다.

고로 지금의 저 모습을 보고 얼마나 화가 났는지를 모르지 않았다.

두 사람의 연봉은 물경 1백만 달러에 달했다. 원화로 따지면 10억 원이 넘는다.

물론 실력이 뒷받침된 덕도 있었지만 체프먼이 친구들을 위해 애썼던 부분도 상당한 영향을 끼쳤다는 것은 두말할 여지가 없다.

그 때문에 서로를 잘 알았고, 삶의 질은 대학 시절 때와는 비교도 할 수 없이 나아졌다.

다만 신분의 차이가 애매해진 면이 없지 않았다.

하지만 연봉이 높은 만큼 공으로 그 많은 돈을 받은 건 아니었다.

영업 실적으로 평가되는 투자사에서 퇴출되지 않고 남아 있었던 것은 호건과 마이클에게 탁월한 능력이 있다는 소리다.

이것은 여태껏 체프먼과 한솥밥을 먹으면서 보좌를 잘해 왔다는 얘기나 다름없다.

이는 성격이 개차반인 체프먼마저도 인정하는 터였다.

그러나 이번 HDI빌딩 경매로 그 모든 실적이 무산될 정 도로 출혈이 컸던 것도 사실이었다.

물론 9억 달러를 써냈다고 하더라도 이익이 없는 건 아니 었지만 마지노선으로 정했던 8억 달러가 무너졌다는 것이 문 제였다.

"보스, 잭이 센추리홀딩스의 미스터 육이 관련됐다는 정 보를 입수했다고 말했어."

"뭐? 그놈이나 센추리홀딩스는 나타나지도 않았잖아?"

"폴린 멕코이의 보좌진에게서 정보를 빼냈다고 하니 정보 는 확실한 것 같아."

탕-!

"우라질."

탁자를 내려친 체프먼이 호건과 마이클을 노려보며 이를 갈았다.

"뿌뜨득, 언제나 그놈이 말썽이규."

와라라락.

탁자에 어지럽게 널린 서류들마저 신경질적으로 치워 버 린 체프먼의 시선이 호건에게 향했다.

"눈빛을 보니 하고 싶은 말이 있는 것 같은데…… 뭐야?"

"놈을 제거해 버리자고."

"제거?"

"응, 마침 플루토 요원 둘이 와 있으니 그들에게 부탁하면 될 것 같은데……."

"홋! 그들의 자존심이 얼마나 센데 그런 일을 하려고 하겠어?"

"돈이라면 움직일 수 있을 거야."

"연봉이 꽤 많다고 들었어."

돈으로 움직일 수 없을 거라는 체프먼의 추측이었다.

"움직이지 않는다면 다른 수단을 쓰면 돼. 그러니 통화나 해 보지그래."

"내가?"

"우린 상대도 하지 않을 테니까."

"염병……."

스윽.

호건이 휴대폰을 건넸다.

"뭐야?"

"버너폰이야."

"아, 아, 랭글리."

버너폰은 곧 대포폰을 말함이었고, 랭글리는 CIA다.

"이런 일은 조심해서 나쁠 것 없잖아?"

"호건, 넌 나보다 더 잔인한 놈이라는 걸 알고 있나?"

"모두 보스를 위한 거야, 더 말하지 마."

"하긴…… 내가 네게 그런 말을 할 처지는 아니지. 전화번호가 뭐야?"

"그냥 1번만 누르면 연결돼."

"역시 용의주도하군."

꾸욱.

"같은 운명이니 함께 들어 보자고."

─뭐야? 타일러에게 연락이라도 왔나?

"미스터 스캇, 의뢰를 하고 싶소."

─의뢰?

"그렇소."

─내키지 않아.

"돈은 원하는 대로 주겠소. 돈이 싫으면 다른 거라도……."

─그래? 어떤 일이지?

"킬."

─킬? 누구?

"내용은 문자로 보내 주겠소."

─민감한 사안이면 못 해. 본부에선 우리가 조용히 여행하러 온 걸로 알고 있거든.

"평범한 일반인이오."

-호오, 확실해?

"만약 아니라면 그 책임은 내가 감당하겠소. 이래 봬도 제법 비싼 가격을 치를 수 있는 몸이오."

　-크크큭, 네 아비에 비하면 껌값이지. 의뢰비나 말해 봐.

"한 사람당 백만 달러."

　-일반인치고는 제법 세군. 오케이, 받아들이지. 내용은 문자로 보내도록.

"알겠소. 반드시 죽여 주시오. 내 눈앞에서 얼쩡거리지 말게 해 달란 말이오."

　-말이 많군. 믿어라, 우리에게 실패란 단어는 없으니까.

찌익.

"빌어먹을 자식, 내 앞에서 먼저 전화를 끊어?"

휙!

퍼억!

괘씸한 생각에 휴대폰을 내동댕이친 체프먼이 또다시 호건을 쳐다보았다.

"다음 순서는?"

"여행을 떠나는 거지."

"여행? 웬……."

"랭글리들의 의심을 피하려면 잠시 자리를 비우는 것도 좋지 않겠어?"

"흠, 여행이라……. 하긴 코리아에 와서 한 번도 여길 벗어난 적이 없었군. 그래, 어디로 갈 건데?"

"알아보니 지리산이 괜찮다고 하더군."

"지리산? 먼가?"

"코리아의 남쪽 지방에 있어. 산세도 꽤 구경할 만하다고
하더군."

"숙소는?"

"일단 캠핑카로 이동할 생각이야. 기왕이면 자유로운 여
행이 좋을 것 같아서."

"괜찮은 생각이군. 캠핑카라면 운전은?"

"잭에게 맡기면 돼. 놈을……."

호건이 손날로 목을 긋는 시늉을 하고는 말을 계속했다.

"당분간 할 일이 없을 테니까."

"좋아, 준비해. 아, 언제 떠나지?"

"내일 아침."

"알았어."

CIA 한국 지부.

지부장인 애덤 워싱턴은 요즘 업무는 뒷전에 두고 지금 한
창 선거전을 치르고 있는 본국의 정보에 촉각을 곤두세우고
있는 중이었다.

애덤의 마음은 민주당의 엘 고어냐 아니면 공화당의 조지 부시냐라는 난제로 인해 핑퐁처럼 오가고 있었다.

목하 지금의 양상은 둘 모두 막상막하.

그러다 보니 줄을 서야 하는 시점인 애덤으로서는 아직도 결정을 내리지 못하고 전전긍긍하고 있는 참이었다.

찌푸린 얼굴에 부스스한 머리카락이 지금 애덤의 심경이 어떤지 단적으로 보여 주고 있었다.

더 늦기 전에 양지택일을 해야 하는데 결정을 미루고 있는 것은 전부 토미가 귀띔해 준 말 때문이었다.

"후우! 토미, 이 자식……."

토미의 정보로는 단연 조지 부시 쪽이었다.

'시간이 없는데……'

미국 대통령 선거일까지는 한 달 남짓 남은 상태라 마음이 급할 수밖에 없는 애덤이다.

"제엔장……."

턱을 고이고 있던 애덤이 의자를 돌려 창밖을 내다볼 때였다.

벌컥! 콰당탕.

"헉! 뭐, 뭐야?"

출입문이 부서질 듯 열리면서 황급하게 들어서는 토미를 본 애덤이 심장이 덜컥 내려앉을 정도로 놀란 표정을 자아냈다.

"아니! 저 시키가!"

"지, 지부장님!"

"이 자식아! 지부장이고 나발이고 노크하고 들어오라고 그랬잖아!"

"아뇨! 지금 노크하는 게 문제가 아니라니까요."

"시끄럿! 당장 나가!"

화가 치밀었던지 삿대질을 해 대던 애덤이 재떨이를 들고는 금방이라도 내던질 기세로 고함을 질렀다.

"빨리 안 나가!"

"어어, 차, 참으세요. 나, 나간다고요."

식겁한 토미가 머리를 감싸고는 잽싸게 밖으로 튀어 나갔다.

텅!

"빌어먹을 놈이 몇 번을 말해야 알아 처먹는 거야?"

탁!

신경질적으로 넌지시 재떨이를 떨구고 출입문을 노려볼 때, 간신히 재떨이의 공포에서 벗어나 출입문에 기댄 토미가 파트너인 그랙에게 '왜 저래?' 하는 표정으로 물었다.

"보면 몰라?"

톡톡.

자신의 머리를 두드린 그랙이 말을 이었다.

"아마 지금 머리가 무지하게 아플걸."

"씨파! 그렇다고 재떨이를 던질 것까지는 없잖아?"

"안 던졌잖아?"

"던진 거나 마찬가지라고. 이 식은땀이 안 보여?"

"안 보이는데?"

"젠장, 언제까지 잡고 있는 동아줄을 그대로 붙잡고 늘어져야 할지 새 걸로 바꿔야 할지를 고만하고 있을 거야?"

"요즘 업무도 잘 안 보잖아?"

"내 말이 그거라고. 아무리 그래도 업무는 봐야 하지 않느냐고."

"그냥 우리끼리 가 보면 안 될까?"

"어림없는 소리. 그랬다간 보스의 변덕에 맞아 죽을지도 모른다고."

"쩝, 어쩔 수 없다. 한 번 더 들어가 봐."

"씨불, 이번에 네가 들어갈 차례잖아?"

"이봐, 학교 선후밴데 설마 죽이기야 하겠어? 더구나 난 서자잖아?"

"쳇! 이럴 때만 서자로군."

"노크하는 거 잊지 마."

"흥!"

출입문에 기댔던 토미가 콧방귀를 뀌고 돌아서더니 조심스럽게 손잡이를 돌렸다.

살짝 열린 문틈 사이로 귀를 갖다 댄 토미가 아무런 반응이 없자, 조금 더 열고는 머리만 빼꼼 들이밀었다.

똑똑똑.

"에헤헤헷, 지부장니이이임."

"뭐 하고 있어? 안 들어올 거야!"

"히히힛, 들어가야죠, 암은요."

애덤의 들어오란 말에 냉큼 실내로 들어선 토미가 더 다가가지 못하고 벌쭘하게 섰다.

"뭔 일이야?"

"히힛, 그게…… 플루토 요원이…….."

"뭐? 타일러가 나타났다고?"

"그, 그게 아니고요."

"아니면 뭐?"

"플루토 요원 두 명이 입국한 사실이 발견됐다는 걸 보고드리려고요."

"뭐야?"

삐딱하게 앉아 심드렁해하던 애덤이 그 말을 듣는 순간, 정색을 하면서 자세를 바로 했다.

"그, 그들이 왜? 아, 아니, 이미 코리아로 들어왔다고?"

"그게 저…… 이틀 전에 입국한 것이 확인됐습니다."

"뭐야! 그걸 왜 이제 얘기해?"

"죄송합니다. 타일러의 실종에 신경 쓰느라……."

"크흠, 방금 두 명이라고 했나?"

"예."

"헐! 플루토 요원이 두 명씩이나 입국을 하다니!"

적지 않게 놀랐는지 애덤의 눈이 화등잔만 해지기보다 오히려 좁혀졌다.

'두 명의 에스퍼가 코리아에 입국했다? 이게 무슨 뜻이지?'

도무지 믿기지도 않았지만 그 저의를 알 수 없다는 것이 애덤의 머리를 복잡하게 만들었다.

대신에 튼튼한 동아줄을 고르느라 선택의 기로에 섰던 머리가 일시에 정리가 됐다.

그도 그럴 것이 에스퍼라면 국가의 중요한 전략에 속하는 인재들이기 때문이었다.

이들에 비하면 스나이퍼일 뿐인 타일러는 잽이 되지 않는 존재다.

그래서인지 말투마저 떨려 나오는 애덤이다.

"누, 누구야?"

"무리엔 스캇과 하퍼 케이힐입니다."

"스캇? 케이힐?"

퍼뜩 떠오르지 않는 이름이었던지 애덤이 눈을 모으고는 토미의 대답을 기다렸다.

"제가 알고 있는 건 코란트 님의 팀원들이라는 사실뿐입니다."

"뭐, 뭐, 뭐라? 코, 코란트?"

"예."

'이런 쌍. 하필이면……'

코란트란 이름에 얼굴이 대번 일그러진 애덤이 버럭했다.

"코란트의 부하들이 확실해?"

코란트와 무슨 일이 있었던 것처럼 필요 이상으로 흥분한 모습을 보이는 애덤이다.

"확실합니다."

'제기랄, 레드폭스의 팀원들이라니.'

레드폭스는 코란트가 이끄는 에스퍼 팀의 이름이었다.

'코란트, 이 자식……'

과거에 모종의 일로 억하심정이 있었던지 코란트의 면상만 떠올려도 입매가 일그러지는 애덤이다.

'갑질에 도통한 놈의 부하 두 녀석이 입국을 했단 말이지.'

에스퍼 요원들이라면 몰라도 팀장인 코란트는 결코 만만한 위치에 있는 자가 아니다.

에스퍼는 미국의 전략적 무기 중에서도 특급에 속했다.

인간을 무기라고 칭하는 것이 이상하긴 하지만 실제로 그런 역할을 하는 자들이라 그렇게 호칭한다고 해도 이상한 일은 아니었다.

게다가 암암리에 활약하고 사라지는 자들이라 대외적으로 잘 알려져 있지도 않았다.

특히 CIA와 합동작전에 임할 때면 지원조 혹은 해결사로 나서기도 해서 자주 대면하는 편이었다.

물론 전투 첩보 요원과의 작전 수행 시의 일이다.

그런데 실력만큼이나 오만해서 팀원조차 각국 지부장들을 무시하는 경향이 짙었다.

거기서 서로 충돌이 일어날 수밖에 없었는데, CIA 요원들 역시 자존심이 강하기 때문이다.

애덤 역시도 첩보 요원 시절 팀원이었던 코란트와 불미스러운 일이 있었다.

토미 같은 하급 정보 요원들이야 에스퍼들과 대면할 일이 없어 그런 일이 있다는 것조차 알지 못했다.

하급 정보 요원 정도로는 본국에서 초능력자들을 양성하고 있다는 껍데기만 알지 알맹이가 어떤지 감도 잡지 못하니 당연했다.

단지 타일러 같은 스나이퍼의 위력만으로 플루토란 집단을 평가할 뿐이다.

고로 그만큼 베일에 싸인 집단이 플루토라 할 수 있다.

플루토, 저승의 신을 두고 일컫는 말이다.

애덤같이 지부장 직급 정도는 되어야 그들이 정신세계의 영역을 넘나드는 초능력자들임을 알 수 있다.

그랬기에 CIA조차도 한발 양보하는 단체가 플루토이기도 했다.

어쨌든 구원舊怨은 구원이고 플루토 요원이 코리아에 입국했다면 지부장인 자신의 소관이다.

'니미럴.'

내키지도 않고 관여하기도 싫었지만 코리아에 온 목적은 알아야 했다.

"입국한 목적이 뭐래?"

"모릅니다."

"모른다고?"

"예, 통보도 없었던 데다 공항 감시 카메라에 잡힌 것을 조회하다가 알게 된 사실이라……. 그래서 입국장을 나오는 장면을 카피해 온 것이 전붑니다."

"으음, 그쪽에서 연락해 온 것이 없었다고?"

"예, 없었습니다."

"그렇다면 타일러처럼 여행을 핑계 대고 온 거란 말인가?"

"통보가 없었으니 저의가 뭔지도 알 길이 없지요. 저희도 이틀 전에 입국했다는 것밖에는 알지 못합니다."

'으음, 국가의 중요한 전략무기가 아무런 통보도 없이 들어왔다는 건 있을 수 없는 일인데…….'

방금의 흥분은 온데간데없이 애덤의 생각이 깊어졌다.

'쯧, 그쪽과는 대화를 섞기 싫은데…….'

하지만 어쩔 수 없다. 이 문제는 개인의 감정으로 처리할 일이 아니었다.

"잠시 기다려 봐."

"넵!"

부동자세까지 취하며 답하는 토미의 대답을 귓등으로 들은 애덤이 밀실로 들어가더니 5분 정도 지나서야 나왔다.

하지만 미간에 골이 잔뜩 파인 걸 보면 뭔가 마뜩지 않아하는 표정이 역력했다.

"뭐랍니까?"

"단순한 여행이라는군."

"에? 여, 여행요?"

"그동안 옴짝달싹 못하고 갇혀서 훈련하느라 고생했다며 바람이나 쐬다가 오라며 허락했다는데 할 말이 없더군."

"타일러도 여행이란 목적으로 왔다가 실종됐는데 그 말을 곧이곧대로 믿는 건 아니겠죠?"

"우리에게 아무런 통보가 없었다면 책임질 일은 없어. 타일러 일도 마찬가지다."

그랬기에 타일러가 실종이 됐어도 아무런 말이 없는 것이다.

뭐, 플루토의 자존심상 스스로 해결하려고 들지도 모르지만.

그러나 이런 말까지 토미에게 할 필요는 없다.

"그, 그럼, 이대로 손을 놓고 있으란 말입니까?"

"어쩌겠어, 그냥 놔둘 수밖에."

"하! 지, 지부장님, 그들은 플루토 요원입니다."

"알아. 하지만 아직은 훈련생일 뿐이잖아?"

중요한 인물과는 거리가 멀다는 얘기.

그러나 겉으로만 그렇게 말했을 뿐, 애덤의 속내는 전혀 그렇지 않았다.

'코란트 팀의 서열 세 번째와 네 번째라고?'

분명히 그렇게 들었다.

아무리 세계 초강대국인 미국이라도 초능력의 자질을 보이고 있는 사람은 그리 많지 않다.

그래서 고작해야 세 개의 팀을 이루고 있을 뿐이다.

한 개 팀의 팀원은 팀장을 포함에 모두 다섯 명.

고로 모두 합쳐 봐야 열다섯 명을 넘지 못했다.

이는 플루토 요원 중 초능력자가 열다섯 명이라는 말과 같다.

나머지는 전부 스나이퍼들이며, 이들은 초능력자들을 경호함과 동시에 별도의 임무를 수행하기도 했다.

이것이 애덤이 플루토에 대해 알고 있는 전부였다.

그 외에는 막연히 그게 전부가 아닐 것이라는 조심스러운 추측만 할 뿐이다.

'적어도 스나이퍼 한 명 정도는 따라붙었겠군.'

당연한 수순이다. 그것도 두 명을 보호해야 하는 터라 특급 요원을 보냈을 것이다.

스캇과 케이힐이 알든 모르든 상관없이 말이다.

"토미."

"옛!"

"그랙과 같이 움직이면서 그들의 행적과 동태를 살펴봐."

"알겠습니다. 그런데 찾기가 쉽지 않을 것 같습니다."

"망원들을 움직여서라도 찾아. 대신!"

"……?"

"노출이 되지 않도록 유의하고, 그들이 뭘 하든 간섭도 하지 마."

그냥 지켜만 보라는 얘기.

"그러죠."

"인마, 내 말은 긴장하란 얘기야!"

"명심합죠. 병아리라지만 그래도 명색이 플루토가 아닙니까?"

'흥! 병아리일지 다 자란 수탉일지는 아무도 모르지.'

"나 역시도 그 문제는 알 길이 없긴 마찬가지다, 아무튼 절대 가까이 접근하는 일이 없도록 해."

"알겠습니다."

"아! 혹시 파이낸싱스타와 연관이 있을지 모르니 거기서부터 훑어보면 되겠군."

일리가 있는 말이다. 만약 실종된 타일러의 행방을 알아보기 위해 왔다면 그럴 가능성이 농후했다.

"그렇지 않아도 그런 생각을 했습니다."

"그래, 타일러가 플루토 요원이니 둘 중 하나는 그놈과 인연이 있을 수도 있지."

"실종은 확실한 것 같습니다. 용산에도 나타나지 않은 걸 보면 말입니다."

용산은 미국 보병 제2사단이 주둔하고 있는 곳이었다.

"타일러는 말이 좋아 실종이지 사라졌을 수도 있어."

최악의 경우를 생각하지 않을 수 없다는 말.

"에이, 코리아가 몰래 처리해 놓고 쉬쉬할 리는 없죠. 설사 그런다고 해도 언젠가는 비밀이 새어 나오기 마련이라고요. 곳곳에 심어 둔 몰만 해도 수만 명인데……."

곳곳이란 정치권을 비롯해 경찰, 검찰, 정부 등을 총망라한 부서들을 말함이었다.

이처럼 CIA의 하급 요원들조차 장담할 정도로 대한민국은 미국의 손아귀에 놓여 있다는 의미였다.

CIA 5년 차인 토미와 그랙은 아직 하급 요원이다.

10년 차 이상의 중급 요원들은 코리아 내의 미군 부대나 광역시 등에 파견을 나가 있는 실정이었다.

"장담하지 마라, 코리아는 그리 만만한 나라가 아니다 비록 냄비 근성이 짙은 국민성이라지만, 그건 어느 나라든 매한가지이니 고려할 게 못 돼."

그런 걸로 기준을 삼지 말라는 뜻.

"그 정도는 저도 압니다."

"아무튼 저쪽에서 우리와 연관되기를 바라지 않는 것 같으니 거리를 두고 살펴야 한단 걸 명심해."

"옙!"

"아! 만약에 말이다."

"예?"

"정 찾을 수가 없다면 혹시라도 코리아에서 일어난 살인 사건 중 범인이 오리무중인 사건에 초점을 맞춰 봐. 그걸 쫓다 보면 흔적을 발견할 수 있을지도 모르니까."

대놓고 말하지는 못하고 슬쩍 흘리듯 정보를 주는 애덤이다.

"에? 생초보자라면서요?"

"그렇기 한데…… 그동안 어떤 변화가 있었는지 몰라서 하는 말이니 새겨 둬."

"그러죠 뭐."

"수시로 보고하는 것 잊지 말고."

"그야……."

"이만 나가 봐."

"옛! 물러가겠습니다."

토미가 물러나자, 애덤은 고민이 더 깊어졌는지 창문으로 다가가 팔짱을 끼고는 밖을 내다보았다.

세종로가 한눈에 들어왔다.

CIA 한국 지부가 미국 대사관에 적을 두고 있으니 당연한 광경이었다.

마주 보이는 종합 청사를 응시하던 애덤이 주먹을 꼭 쥐었다.

"좋아, 부시를 선택한다."

내내 고민하고 있던 부분을 속 시원하게 결정한 애덤이 머뭇거릴 필요가 없다는 듯 책상으로 다가가 전화를 들었다.

도청이 불가능한 직통전화다.

통화 대상은 오랜 친구인 로버트 게츠다.

로버트 게츠는 부시 패밀리라고 해도 과언이 아닌 인물이다.

더하여 철저한 정보맨이기도 하다.

지금은 CIA를 벗어나 부시 진영에 합류해 러닝메이트로서 동분서주하고 있는 중이다.

"게츠?"

─오우, 내 오랜 친구 애덤이 아닌가?

"거두절미하고 말하겠네. 내가 아는 선거인단을 모두 부시 쪽으로 밀도록 하겠네."

─오우, 엑설런트 탁월한 선택이네.

게츠의 말투에 감격하는 탄성이 물씬 묻어나 왔다.

이는 CIA 한국 지부장이란 자리가 결코 녹록하지 않다는 것을 방증하고 있었다.

"그럼 수고하게나."

—내 잊지 않고 기억하도록 하지. 고맙네.

철컥.

'잘되길 바라는 수밖에.'

CIA 한국 지부장이란 직책은 절대 낮지 않아 정치 바람을 탈 수밖에 없는 자리다.

그래서 주사위를 던져 선택하지 않으면 죽도 밥도 안 된다.

하지만 단순히 선택했다고 해서 바라는 대로 자리를 꿰찰 수 없다는 건 애덤 자신이 잘 알고 있었다.

'흠, 뭔가 이슈가 필요해.'

그것도 획기적이랄 수 있는 큼지막한 사건.

즉, 누가 대통령의 당선되더라도 대통령직을 수락하는 순간, 가장 먼저 보고를 받을 수 있는 중요한 사건이라면 더 좋다.

'가만…… NIS가 지금 곤경에 처해 있지. 이걸 이용해 보면…….'

NIS는 대한민국 국가정보원의 영문 이니셜이었다.

'흠, K항공의 선양 지점장 간첩 사건이라…….'

CIA에서 중국에서의 사건을 이미 수집한 상태이며 지금은 진행되어 가는 추이를 살펴보고 있는 중이었다.

당장 이슈화할 만한 사건은 그것밖에 없는 상황.

하지만 신임 대통령의 눈이 쏠리게 할 만한 사건이 되기에는 무리가 있었다.

그러나 어떤 수단 방법을 동원해서라도 쏠리게 해야만 한다.

'이거…… 손을 써서 일을 좀 더 확대시켜야겠군.'

모종의 음모, 아니 일을 꾸며 보려는 생각이 애덤의 뇌리에 조금씩 자리하기 시작했다.

출세를 향한 욕심의 발로다.

'사건이 없으면 만들면 되는 거지.'

어차피 한두 번 해 본 일도 아니다.

그렇게 스스로 자위한 애덤이 다시 전화기를 들었다.

'코란트 놈에게 부탁하기는 싫지만…….'

은밀한 작전 수행을 위해 적과의 동침을 마다하지 않는 것은 정보 계통에서 그리 드문 일은 아니었다.

"코란트, 날세."

-방금 통화해 놓고 그새 무슨 일이 생겼나?

"부탁하나 하세."

-부탁?

"그러네."

-뭐지?

"팀원을 한 명 빌려주겠나?"

-뭐라? 그걸 말이라고…….

"알아, 어렵다는 걸."

—그런데도?

"그에 대한 보답은 하겠네."

—일단 말이나 해 보게.

"전화로 말하기는 곤란하니 다른 루트를 통해 내용을 알려 주도록 하지."

—흠, 만만한 일은 아닌가 보군. 좋아, 일단 보고 결정하지.

반쯤은 넘어왔다.

이는 애덤에게 빚을 하나 지어 놓는 만큼 그만한 가치가 있기 때문이다.

"고맙네. 아! 한 번 더 묻겠네."

—……?

"팀원들은 정말 신경 쓰지 않아도 되는가?"

—그냥 놔두게. 어차피 신경을 쓴다고 해도 그들에게는 도움이 안 될 걸 알지 않나?

팀원들의 생사를 불문하고 관여하지 말라는 얘기다.

"알았네. 나중에 무슨 일이 있어도 내게 책임을 전가시키는 말게."

—그러지.

"내용을 곧바로 보내 주지."

—그렇다면 난 자리를 지키고 있겠네.

담용의 불도그 정신

광진구 광장동의 워커힐호텔 1006호실.

담용의 배려로 폴린 멕코이가 묵고 있는 호텔 객실이다.

담용과 마주앉은 폴린 멕코이의 안색은 무척이나 굳어 있었다.

그도 그럴 것이 손아귀에 거의 다 잡았다며 희희낙락 기대에 부풀었던 HDI빌딩이 파이낸싱스타로 넘어간 일로 인해서였다.

그러나 불만을 토로할 수 없는 것은 경매 낙찰가를 보았기 때문이다.

뭔가 아쉽다기보다는 어이가 없을 정도로 가격 차이가 엄청났던 것이다.

고로 불퉁거리지도 못하고 뚱한 표정만 내비칠 뿐이다.

무려 8억 1천7백만 달러에 달하는 경매 낙찰가.

거기에 비해 자신은 7억 2천1백만 달러.

그것도 애초 7억 2천만 달러에서 1백만 달러를 더 써 넣은 결과가 그랬다.

멕코이가 비록 대형 투자사들보다는 약하다고는 해도 산전수전 다 겪은 베테랑 투자자다.

그래서 어딘가 이용을 당했다는 생각이 안 드는 것은 아니었다.

하지만 9천만 달러라는 낙찰가의 갭이 입을 틀어막고도 남았기에 파트너 앞에서 표정으로만 뚱하고 있는 참이었다.

담용 역시 멕코이와 다르지 않은 표정을 내비치고 있긴 마찬가지였다.

다소 쇼적인 면이 없지는 않았지만 담용 역시 어마어마한 낙찰가에 놀라기는 마찬가지였다.

하지만 내심으로는 소기의 목적을 달성했다는 생각이 더 컸다. 고로 아쉬울 것이 없다는 마음이었다.

당연한 것이 파이낸싱스타가 HDI빌딩을 결코 헐값이라고 할 수 없는 금액에 가져가게 됐기 때문이다.

IMF의 이전 가격으로 치면 거의 10분의 7.5 가격에 매입한 셈이니, 기억 저편의 6억 1천만 달러에 비할 수는 없는 일이었다.

HDI빌딩이 제 비용을 포함해도 고작 6억 1천만 달러 언
저리였음을 감안하면, 무려 2억 달러를 더 벌어들인 것이니
불만은커녕 크게 한탕 한 기분이었다.

담용이 애초 외투사들을 두고 결심했던 마음은 두 가지였
다.

하나는 외투사들의 담합을 저지하는 것이었다.

즉, 그들의 담합으로 인해 현저하게 저렴해진 부동산을 센
추리홀딩스에서 매수해 정상가격에 리세일하는 것.

이는 결코 헐값에 매도당하는 일이 없도록 방어선을 치는
개념이었다.

다른 하나는 외투사들의 담합을 방해함과 동시에 서로 경
쟁을 유발시켜 낙찰 금액을 최대한 부풀리는 것.

그러기 위해서는 당연히 HDI빌딩의 경우처럼 물밑에서
분주하게 움직이는 노력이 필요했다.

그렇게 도출된 금액이 무려 2억 달러.

이 정도면 대한민국이 그동안 각고의 노력으로 달러 보유
고가 점차 늘고 있다고는 하나 결코 적지 않은 돈이 유입됐
다고 해도 과언이 아닌 금액이었다.

'흠, 이쯤에서 당구을 제시해 볼까?'

뭐, 압도적인 금액의 차이였더라도 멕코이가 당한 감정을
십분 이해한 담용이 서류 가방에서 파일을 꺼내 내밀었다.

스윽.

"······?"

눈살을 살짝 찌푸리고 있던 멕코이가 '이게 뭐냐'는 눈빛을 보내왔다.

"앞서 말했지만 HDI빌딩이 그렇게 큰 금액으로 낙찰이 될지 몰랐습니다. 그래서 혹시나 하는 마음에 차선의 물건을 준비해 봤습니다."

"크흠, HDI빌딩을 봐 놔서 그런지 별로 마음에 들 것 같지가 않군요."

워낙에 매머드급 물건인 데다 인텔리전트빌딩이라 다른 물건은 양에 차지 않을 것이라는 뜻이다.

시큰둥해하는 멕코이의 반응에도 불구하고 담용은 미미한 미소를 자아내며 말했다.

"당연히 그럴 것입니다. 하지만 꼭 캠코에서 내놓는 물건만이 전부라고 생각하고 있지는 않겠지요? 그러니 일단 한번 보시고 말씀을 나누도록 하지요."

담용이 턱짓으로 얼른 서류를 검토할 것을 채근했다. 담용의 한번 물면 놓지 않는 불도그Bulldog 정신이 발휘되는 순간이었다.

이는 한번 떠난 고객을 다시 잡기 어렵다는 것을 너무도 잘 알기에 제2, 제3의 물건을 준비해 계속해서 작업하려는 의도다.

마지못해 본다는 표정을 자아낸 멕코이가 담용을 슬쩍 쳐다보고는 서류를 펼쳤다.

잠시나마 건성으로 몇 장의 서류를 넘기던 폴린 멕코이가 일순 멈칫하더니 얼른 다시 첫 페이지로 돌아오면서 눈빛이 조금 변했다.

건물명은 MD타워.

위치는 강남대로에 인접해 있었고 지상 32층에 지하 6층으로, 연면적은 23,675평인 건물이었다.

당연히 지하층을 제외한 면적이다.

하지만 멕코이가 코를 처박고 살펴보고 있는 내용은 다른데 있지 않았다.

바로 건물이 지닌 미적 감각과 설비에 관한 수상 부분이었다.

*2000년 6월 : MD타워 'Excellence Engineering Award' 수상 -미국공조기술협회.

*2000년 7월 : MD아트센터 'Excellence Engineering Award' 수상 -미국공조기술협회

*2000년 8월 : 서울시 건축상 수상 -서울특별시

자타 공인의 인증서가 첨부되었다 함은 그만큼 잘 지어진 건물이라는 뜻.

첨부된 사진에 상층부가 육면체로 지어진 것을 본 폴린 멕

코이가 나직하게 탄성을 자아냈다.

"아!"

'이건…… 내가 관심을 가졌던 건물이로군.'

한눈에 알아봤다.

대한민국에 입국한 이후 발품을 팔며 곳곳을 싸돌아다니던 중 멕코이의 눈에 띈 몇 되지 않는 특이한 건물 중 하나였던 것이다.

더하여 만약이라는 전제로 욕심을 냈던 건물이기도 해서 긴가민가하는 눈빛으로 담용을 쳐다보고는 물었다.

"이 건물이…… 시장에 나와 있었단 말이오?"

절레절레.

"천만에요. 공개적으로 나와 있을 리가 없는 건물이지요. 그랬다면 멕코이 씨의 안테나에 걸리지 않았을 리가 없지요."

"하긴……."

고개를 끄덕이는 것으로 담용의 말에 수긍하는 멕코이다.

이런 경우는 비일비재했다.

언뜻 생각해도 공개적으로 매각할 경우 기업의 이미지에 타격이 올 수가 있는 점이 먼저 떠올랐다.

특히나 준공 연도가 최근인 2000년 5월이라면 해당 회사의 주식도 요동칠 수 있는 부분이다.

물론 당연하게도 그런 이슈가 될 만큼 금액도 적지 않다.

매도 금액란을 슬쩍 훑은 멕코이의 입에서 살짝 흥분된 신음이 토해졌다.

"흐흠……."

매도 금액, 7억 2천5백만 달러다. 한화로는 약 8,700억 원이다.

우연인지 필연인지 HDI빌딩에 경매 가격으로 써 넣은 금액과는 불과 4백만 달러밖에 차이가 나지 않는다.

금액이 억 단위이다 보니 거의 차이가 나지 않는다고 해도 과언은 아니다.

뭐, 이래저래 부담이 가는 금액임은 확실하다.

근데 어째 흥분이 가시지 않았다.

멕코이는 서류를 넘기며 뚫어져라 내용을 살폈다.

투자 대비 수익률 추정이 물경 10퍼센트에 가까웠다.

멕코이의 눈치를 살피던 담용이 담담한 어조로 말했다.

"은행 금리가 8퍼센트대 전후이니 비교가 안 되는 수익률이죠. 거기에 자산 가치를 생각하면 적극적으로 검토해 볼 만하지 않을까요?"

"흠, 그렇긴 한데……."

혹하지 않고 다소 신중해지는 멕코이에게 담용이 일침을 가했다.

"기실 그 건물은 저희 센추리홀딩스에서 매입하려고 마음먹은 물건입니다."

"엉? 저, 정말이오?"

"누구라도 이만한 일급비밀을 대놓고 내놓지는 않지요. 멕코이 씨에게 공개하기까지 저희 회사에서도 말이 많았음을 아셔야 합니다."

있지도 않은 일이었지만 담용의 어조는 진지했다.

"그런데 왜……?"

"제가 회사에 주장한 점은 멕코이 씨가 공동투자자로서 합당하다는 것이었습니다. 물론 저희 회사 측에서도 자금적인 부담이 없는 건 아니어서 제 설득이 먹혀들어간 것도 있습니다. 또 한 가지는……."

"……?"

"이번 HDI빌딩 건에 대한 책임도 어느 정도 있다고 보고 끝까지 공동투자자로서 함께 가는 것이 도리라고 생각했습니다."

"흠, 좋은 얘기요."

말을 아끼려던 멕코이가 담용의 진정 어린 말에 자신의 심정을 드러냈다.

"사실 MD빌딩은 내가 투어를 하면서 욕심을 부렸던 건물이오. 물론 매각 물건인지는 상관없이 말이외다. 외관이 참 아름답더군요."

"마음에 든다는 얘기군요."

"그렇소. 그런데 가격은 네고가 가능한 거요?"

"흥정은 어렵습니다. 서류에 적힌 가치 평가대로라면 7억 2천5백만 달러는 결코 비싼 가격이 아닙니다."

"센추리홀딩스의 생각이오?"

"그렇습니다."

"그……래요?"

네고가 어렵다는 말에 팔짱을 낀 멕코이가 서류에 시선을 박았다.

"기실 캠코에서 내놓는 물건들 중 우량 물건이라고 할 수 있는 것이 그리 많은 편은 아님을 알고 있을 겁니다."

"그렇지요. 기업들이 알토란 같은 부동산을 처분하기를 꺼리는 것이야 당연한 이치니까."

"맞습니다. 굳이 매각한다면 첫째가 부채 비율이 높은 부동산이고 둘째는 손쉽게 매각될 수 있는 부동산이지요. 그렇게 내놓아 경색된 자금을 빨리 회전해 부채 비율을 줄이려는 목적일 테니. 그리고 셋째가 그럼으로 해서 공적 자금 혜택의 조건에 맞추려는 의도지요."

"코리아에서는 퍼블릭 펀드를 어떻게 활용하오?"

"아! 그건…….."

문는 저이가 뭔지를 안 담용이 말하기 전에 잠시 생각을 정리해 보았다.

'빌어먹을 공적 자금.'

생각만 해도 치가 떨렸다.

공적 자금(Public Fund).

원래의 취지야 금융기관의 구조 조정을 지원하기 위해 마련한 재정자금이다.

공적 자금의 배경은 당연히 외환 위기, 즉 IMF 사태가 그 원인이다.

대한민국의 경우는 공적 자금을 정부 예산에서 직접 지원하는 것이 아니라 예금보험공사와 자산관리공사가 채권을 발행하여 조달하는 방식이다.

뭐, 쉽게 말하면 외환 위기 때 은행들이 망한 기업들의 채권을 회수하지 못해서 고객들의 예금 인출 요구에 대응을 할 수 없을 정도가 되자, 정부가 공적 자금을 은행에 투입해서 은행의 경영을 안정시켰다는 얘기다.

그런데 이게 참 어이가 없는 것이, 정부가 공적 자금을 투입했지만 결국은 국민의 세금으로 갚아야 할 돈이라는 점이었다.

뭐, 공적 자금을 지원받은 후 견실하게 기업을 운영해 제대로 변제를 한다면 문제가 되지는 않는다.

'젠장할. 눈먼 돈, 임자 없는 돈의 대명사.'

그게 곧 공적 자금이다.

담용이 내심 울분에 차 부르르 떠는 것은 다른 이유가 있지 않았다.

이유는 애초부터 희망도 없는 부실기업에다 공적 자금을

쏟아부어 혈세를 낭비했기 때문이다.

다시 말해 썩은 놈들의 배를 기름지게 해 준, 아니 부정부패로 생긴 기업의 부실을 왜 국민의 세금으로 메꿔야 했냐는 것이다.

그 밑바닥에는 로비성 뇌물이 그 역할을 했다는 것은 경제의 '경' 자만 알아도 알 수 있는 일이다.

그래서 임자 없는 돈이 곧 공적 자금이라는 소리가 심심찮게 흘러나왔다.

공짜 돈이라 부나방같이 달려들었으니 비밀도 아닌 셈.

또 그런 공적 자금을 못 쓰는 놈이 바보라는 것.

참으로 어이가 없다.

이를 잘 보여 주는 것이 그동안 공적 자금의 소요에 대해 단 한 줄기 발표도 없다는 사실이다.

공적 자금을 받은 모든 기업들 중 몇 개의 기업이 회생되어 가고 있는지, 또한 그냥 돈만 퍼붓고 허공에 날려 버린 기업은 몇 개인지, 회생된 기업들은 받은 혈세를 갚아 나가고 있는지 등등 그 어느 기관에서도 발표가 없었다는 것이 더 울분을 터뜨리게 했다.

어차피 발표를 한다고 해두 눈에 보이듯 비리가 만연하다 보니 정확한지도 의심스럽다.

담용조차도 거의 백 퍼센트 확신할 만큼 공적 자금을 착복한 사람을 알고 있을 정도니 말 다 하지 않았는가?

정치권에 로비를 어떻게 했는지 공장 하나 없이 종이쪽지만 가지고 80억 원을 착복해 호화 생활로 탕진했던 사람이 바로 곁에 있었던 것이다.

당연히 매스컴에 보도된 사실도 있다.

'180억 원이었던가?'

180억이란 거액을 개인적으로 착복했다는 보도가 확실히 있긴 했다.

이게 얼마나 잔인한 일이냐면 영문도 모르는 수많은 기업체와 그 직원들이 공적 자금을 지원받지 못해 회사를 떠나는 아픔과 슬픔을 겪는 원인이 여기서 비롯됐다는 말이다.

'쳐 죽일 놈들 같으니…….'

국민들이 이런 사실을 알았다면 지금의 정부를 뒤집고도 남았을 것이다.

교통법규 범칙금 같은 작은 도둑들은 국민들에게 그렇게 잘 받아 내면서 수만 배 부정을 저지른 간 큰 도둑들에게선 환수는커녕 처벌도 못 하는 정부가 바로 이번 정부다.

'엉?'

생각이 조금 길었던지 멕코이의 시선을 느낀 담용이 얼른 입을 뗐다.

"아! 코리아의 경우는 국민의 세금으로 공적 자금을 형성합니다. 그리고 그 자금을 정부가 직접 취급하는 것이 아니라 정부 산하의 기관인 예금보험공사와 캠코가 채권을 발행하여 조달하지요."

"그렇군요. 하면 MD빌딩의 매각도 공적 자금을 받기 위한 조치라고 보면 되겠군요."

"거기까지는 잘 모르겠습니다."

사실 그럴지도 몰랐다.

담용은 이런 식일 수도 있다는 생각이었다.

-우리 회사는 자금이 없다. 방금 준공한 매머드 빌딩을 처분해 채무를 청산할 정도로 운영 자금이 없다. 그러니 공적 자금을 투입해 달라.

그런데 실행해 놓고 소리만 꽥꽥 지른다고 해서 공적 자금이 나오는 건 아니다.

루트와 소스를 찾아 로비를 하지 않고서는 기대 이상의 돈을 결코 얻어 낼 수 없는 것이 대한민국의 공적 자금이다.

대기업일수록 공적 자금의 투입 금액은 천문학적인 액수일 수밖에 없다.

고로 국민들의 혈세로 회생했다면 갑질을 해서는 절대 안되는 것이다

그럼에도 재벌 기업들의 하청 업체 갑질은 후안무치할 정도다.

공산품의 질을 떨어뜨리고 가격만 은근슬쩍 올리는 것 역

시 같은 맥락이다.

이래서야 나라 꼴이 어디로 향할지 적이 걱정되지 않을 수 없다.

'젠장, 나 혼자 나라 지키는 것도 아니고……'

주제넘었다는 생각에 담용이 얼른 입을 열었다.

"MD빌딩을 매입하는 데 공적 자금은 그리 중요하지 않지요."

"그렇지만 흥정의 조건은 될 수 있지요."

"그럴 수도 있지만 경쟁자가 우리뿐이 아니라는 것이 문젭니다."

흥정을 하는 사이 놓칠 수도 있다는 얘기.

"하긴…… 그걸 따지고 들면 우리를 기피할 수도 있겠지요. 검토할 시간은 얼마나 있소?"

"불행히도 길지 않네요."

"왜 그렇소?"

"두 달 후면 단기 차관을 완전히 변제했다는 발표를 하기 때문이지요."

"흠, 두 달 후라면…… 소문은 더 일찍 퍼져 나갈 거라는 말이군요."

"예, 기껏해야 한 달 정도?"

"선점을 하려면 그보다 더 빨리 움직여야 한다는 얘기군."

"마음에 든다면 우물쭈물할 필요가 있을까요? 저희 회사는 내일이라도 계약을 할 기세거든요."

담용은 길게 끌 필요가 없다는 듯 아예 못을 박아 버렸다.

사실은 다 거짓말이다.

아! 한 가지, 아직은 아니지만 MD빌딩이 암암리에 매물로 나온 것은 사실이다.

그 외에는 단 한 가지도 진정성이 없는 얘기들이었다.

MD빌딩의 관계자와 접촉한 사실도 없었으며, 센추리홀딩스 자체가 매입할 자금도 없거니와 매입 논의 자체가 없었다.

단지 기억 저편에 있었던 일이 밑천의 전부일 뿐이다.

MD빌딩의 매각 과정이 어떻게 흘러가는지 빤히 알고 있는 터라 자금만 있다면 일도 아니다.

담용이 그런 생각에 빠져 있을 때, 멕코이도 나름대로 머리를 굴리고 있는 중이었다.

'확실히 코리아는 매력적인 투자처란 말이야.'

세계 각 나라들을 돌아다니며 하이에나가 먹이를 찾는 것처럼 투자처를 물색해 왔던 멕코이다.

멕코이가 그 나름대로 닳고 닳은 베테랑이 된 비결은 정보에 의존한 것보다 부지런한 발품에 있었다.

이는 임장 답사가 그만큼 많았다는 것으로, 현실적이라는 뜻이다.

염두를 굴리던 멕코이가 마침내 입을 열었다.

"공실이 많군요."

"그렇습니다."

이건 더 부연하지 않아도 IMF 영향의 결과라는 걸 멕코이도 알고 담용도 알았다.

거기에 담용은 한술 더 떴다.

"공실률이 32퍼센트라면 절대 적은 건 아니지요."

"해결 방법은 있소?"

"그 점은 공동투자자인 저희가 안고 가는 것으로 하지요."

센추리홀딩스에 그 정도의 여유는 있음을 은연중 드러내는 말이었다.

"헐, 그래서야 이윤이 남겠소?"

"하하핫, 부동산이 어딜 가는 건 아니니까요."

맞는 말이다.

외투사가 부동산을 매입했다고 해서 자기 나라로 들고 갈 수는 없는 일이니까.

"보유하고 있느라 약간의 손실은 생기겠지만, 외환 위기에서 완전히 벗어난다면 황금알을 낳는 거위가 될 테니까요."

"흠."

"뭣하면 멕코이 씨에게 전부 넘길 수도 있고요."

밑져야 본전이라는 듯 슬쩍 떡밥을 내밀어 보았다. 본격적으로 들이밀어야만 하는 타이밍인 것이다.

멕코이에게는 그만한 자금 여력이 있음을 짐작하고 있기에 그냥 내던지는 말은 아니다.

근거는 맨 처음 멕코이가 의뢰를 해 왔을 때, 의향서에 적힌 내용을 봤기 때문이었다.

매입 의향서에는 이렇게 기록되어 있었다.

-강남 업무용 빌딩 500억 내외 : 수익률 10% 내외
-강북 업무용 빌딩 500억 내외 : 수익률 10% 내외
-4대문 안 업무용 빌딩 2,000억 내외(리노베이션 혹은 리모델링이 가능한 노후 건물)
-상기 거래가 성공적으로 끝났을 때, 5,000억 이상의 업무용 빌딩을 의뢰할 수도 있음.

이로 보아 적어도 8천억 원 내외의 자금 동원 능력이 있다는 얘기다.

물론 멕코이의 순수한 자본일지 아니면 사모 펀드 등으로 모집한 자금일지는 알 수 없지만, 중요한 것은 돈이 있다는 점이었다.

그런데도 결코 그런 티를 내지 않는 멕코이다.

그만큼 노회하다는 뜻.

"그 얘기는 나중에 합시다. 지금은 더 검토해 봐야 되겠소."

"그러십시오. 그럼 오늘은 늦었으니 이만 헤어지지요. 좋은 저녁이 되시기 바랍니다."

담용이 자리에서 일어섰다.

"고맙소. 나도 손발을 맞춰 봤던 파트너와 함께하는 것을 선호하는 편이긴 하오."

"하하핫, 저 역시 그렇습니다."

"늦지 않게 연락을 드리리다."

"기다리지요."

미팅을 끝낸 담용은 자리에서 일어나 곧장 엘리베이터를 타고 지하 주차장으로 향했다.

담용의 위기

워커힐호텔 지하 3층 주차장.

전등불이 어둠을 부지런히 밀어내고 있다고는 하나 지하 주차장은 으레 그렇듯 특유의 음침한 분위기에서 벗어나지 못했다.

별 다섯 개, 5성 호텔이라 그런지 내부가 꽤나 고급스러운 중형 승용차들로 가득했다.

그런 차량들 중에 담용의 애마인 레인지로버도 주차되어 있었다.

그런데 레인지로버의 건너편에 벤츠 차량이 막 들어서 주차한 듯이 시동이 걸린 채 미등이 켜진 상태였다.

탑승하고 있는 사람은 둘.

한데 어딘가 낯이 익은 얼굴들로, 다름 아닌 난장이를 겨우 면한 노랑머리 스캇과 덩치라고 할 만한 체격을 지닌 케이힐이었다.

이상한 것은 두 사람이 차에서 내릴 생각은 않고 이빨까지 보이며 노닥거리고 있다는 점이었다.

30대 중반 나이로 보이나 그에 비해 철이 없는, 아니 어쩌면 천진난만하다 싶은 모습이다.

무슨 대화를 하고 있는지 스캇이 소리 죽여 웃어 대며 다소 경박스러운 어투로 말했다.

"쿠쿠쿡, 이봐, 내 실력이 녹슨 게 아니라 호건 그 자식이 귀엽게 노는 것 같아서 슬쩍 몸을 통과하는 장난을 친 것뿐이라고. 파워를 발산했다면 오장육부가 흐물흐물 녹아내려 그 자리에서 즉사했을 거다. 어차피 적도 아니잖아?"

"뭐, 같은 소속이라도 서로 능력을 견식해 볼 기회가 많지 않았으니 나야 알 턱이 없지. 아무튼 쿠쿠쿡, 호건 그 자식 식겁했을 거야."

"얼굴이 노래지는 걸 봤잖아? 아마 오줌도 지렸을 거야, 틀림없어."

"하긴 얼굴이 백지장 같아 보이긴 했어. 그리고 그 자식 한동안 움직이지도 못했어."

"내장이 제자리에서 밀렸으니 당연한 거야. 그거 고통스러운 것보다 더 기분 나쁘거든. 그나저나 나는 네가 정말 대단하다고 생각해."

"나? 왜 그렇게 생각하지?"

"사람을 귀신같이 찾아내는 능력 말이다."

"에이, 그거야 내게 특화된 능력이니까 당연한 거지."

"수법의 이름이 뭐야?"

"사이코메트리라고 하지."

"그럴 줄 알았어. 난 왜 그런 능력이 없는지 아쉬워."

"푸헐, 난 네가 호건한테 쓴 수법이 더 사나운 것 같은데? 그건 뭐라고 해?"

"고스트 트릭."

"아, 맞다, 고스트 트릭. 마치 유령이 통과하는 것 같았어. 이름도 멋지고."

엄지를 척 세워 스캇을 치켜세우는 케이힐이다.

"사이코메트리나 고스트 트릭은 상식이야. 다들 알고 있는 거라고. 단지 중요한 것은 아무나 그런 능력을 가질 수 없다는 거시."

"맞는 말이야. 쩝, 난 고작 사람이나 찾아다니는 고리타분한 일밖에 안 시켜."

"이런! 그게 얼마나 중요한 일인지 몰라서 그래? 작전 수행에 나서면 너 없으면 아무것도 못한다고, 알아?"

"알기 아는데…… 아무튼 난 네가 부러워 죽겠다."

"부러워? 뭐가?"

"한마디로 짜릿하잖아?"

어깨를 으쓱한 케이힐 손날로 목을 치는 시늉을 했다.

"단박에 사람을 보내 버리는 능력 말이야."

"그게 뭐가 짜릿해. 사람은 원래 자기가 가진 재주보다 남의 재주를 더 부러워하는 법이긴 하지. 근데 조금 심하네. 사실 사람을 죽일 때마다 기분이 별로라서 하루 종일 술만 퍼마신다고."

"어쨌든 부러운 것만은 사실이야."

의외로 뜬금없는 데서 고집을 부리는 케이힐이다.

"부러워할 것도 많다. 너도 숨겨 둔 능력이 있잖아?"

"어? 그건 또 어떻게 알았어?"

"같은 동료라 관심을 가지다 보니 우연히 알게 된 것뿐이야."

"젠장. 아무리 동료라도 이렇게 노골적으로 밑천을 까발리게 되면 능력이 반으로 줄어든다는 걸 몰라?"

"그거야 수법이 노출됐을 때의 얘기지. 나야 너와 척을 질 일이 없는데 조금 안다고 해서 무슨 상관이겠어?"

"호오, 그래? 나 역시 네 녀석이 숨기고 있는 능력을 알고 있었다는 건 몰랐지?"

"어? 저, 정말?"

"그래."

케이힐의 확신에 찬 대답의 스캇의 눈이 바늘처럼 가늘어

졌다

'젠장.'

자신의 능력이 베일에 싸여 있는 줄 알았더니 알고 보니 모두들 모른 척하고 있었던 것뿐이지 않은가?

'다들 도대체 어디까지 알고 있는 거야?'

입매가 살짝 비틀어진 스캇이 손뼉을 한 번 치더니 말했다.

"좋아, 이왕 이렇게 된 것 심심하던 참에 잘됐다. 놈이 나타날 때까지 서로의 수법에 대해 솔직하게 얘기해 보는 건 어때?"

"크크큭, 바라던 바다. 나 역시 놈을 처리하려면 서로 손발이 맞아야 할 거라는 생각을 했었거든."

"옳은 말이야."

"스캇, 나부터 말하지."

케이힐의 시선이 스캇의 오른손으로 향했다.

"네 오른손 말이다."

"이게 뭐?"

"그거…… 무시무시한 흉기인 거 알고 있어."

"헐, 거기까지 알고 있었어?"

"당연하지. 내가 너의 그런 능력까지 알고 있었기에 코리아에 같이 오기로 한 거라고. 파워풀하잖아?"

"쳇! 어쩐지 평소와는 달리 유난히 살갑게 굴더라니. 그게 이것 때문이었어?"

"크크큭, 이거 왜 이러시나? 나도 가끔 네 부탁을 들어주
곤 하잖아?"

"하긴 사람을 찾을 때는 네가 반드시 필요하지."

"근데 여태 궁금했던 게 있는데 물어봐도 돼?"

"뭔데?"

"타일러와…… 사귀는 사이야?"

"푸흡! 케이힐, 도대체 뭔 상상을 하는 거야?"

"아니면 됐어."

"오해는 금물. 난 단지 타일러같이 마초 같은 스타일을 마
음에 들어 한 것뿐이라고. 뭐, 달리 친구도 없긴 했지만 말
이다."

"우리 같은 애들에게 친구가 어딨어? 나 역시 따돌림만 당
하다가 우연히 발탁이 된걸."

"그건 그렇고 이번에 내가 알아맞혀 보지."

"이거 밑천을 탈탈 털릴 것 같은 기분인걸."

"크큭, 난 이미 털렸다고."

"좋아, 말해 봐."

"판테오 치프가 널 쪼아 댔지?"

"그것까지 알고 있었냐?"

"알 만한 동료들은 다 알아. 어차피 작전이 떨어지면 상성
이 맞는 애들을 묶어서 보내다 보니 자연히 관심이 많은 거

지. 그래서 짐작해 본 건데, 네가 사이코키네시스의 능력을 지니고 있을 거라는 거야."

"헐! 그걸 어떻게 알았어?"

"별것 아냐. 사이코메트리에 특화된 능력자가 응용하기 가장 쉬운 게 사이코키네시스라고 들었으니까. 더욱이 판테오 치프가 거기에 특화된 능력자라 조금만 생각하면 알 수 있는 일이거든."

"아! 그래서 판테오 치프가 집중적으로 나를 가르쳤구나."

"애들 모두 두 가지씩 특화시키도록 명령을 내린 사람이 본부장이라더라. 그 때문에 우리 모두 한동안 죽을 똥을 싼 거지, 크크큭."

"쿠쿠쿡, 그건 맞는 말이야. 근데 우리 같은 능력자들이 몇 명이나 되는지 알고 있어? 난 알아보려고 해도 도무지 모르겠더라."

"그건 나도 몰라. 아마 치프들도 모를걸. 특급 비밀이라서 말이야."

"하긴…… 우리 레드폭스 외에도 몇 팀이 더 있는 것 같은데, 어디에 위치해 있는지도 모르니 우리 같은 풋내기가 알 도리는 없지."

"근데 이 자식은 왜 이리 안 오는 거야? 혹시 여기서 자는 것 아냐?"

"저녁 시간이니 그럴 수도 있겠지. 하지만 뭘 걱정이야?

여기서 잔다면 잠입해서 처리하면 그만인걸. 근데 체프먼은 뭔 원수가 졌기에 이놈을 죽여 버리라는 거지?"

"후후훗, 너도 들었지? 체프먼이 흥분해서 말하는 것 말이다."

"같이 있었잖아? 그 자식을 죽여요! 죽여 버려요! 다시는 내 눈앞에 얼쩡거리지 않도록 완전히 없애 버리라고요! 크크큭, 아주 악을 써 대더구만."

"크하하하핫, 네 흉내가 더 재밌네."

스캇의 흉내에 케이힐이 배꼽을 잡고 웃어 댔다.

"그러고 보면 꽤 잔인한 놈이란 말이야, 크큭. 마음에 들어."

"덕분에 용돈을 만질 수 있는 기회가 생겼지 뭐, 흐흐훗."

"2백만 달러면 적지 않은 돈이긴 하지."

"그렇긴 해. 둘이 나눠도 거의 우리 연봉이니까. 근데 우리가 이래도 되나 몰라?"

"케이힐, 너는 조금 더 대담할 필요가 있어. 이 일은 우리에게 갓난아기 손에 든 사탕을 뺏는 것보다 쉬운 거라고."

"그걸 누가 몰라? 혹시라도 팀장이 알기라도 하면 우릴 가만 안 둘 테니 하는 말이지."

"체프먼이나 호건이 입만 열지 않으면 팀장이 어떻게 알겠어?"

"입을 열 일은 없을 거야, 공범이 되기 싫다면 말이야."

"타일러 이 자식은 연락도 없이 대체 어디에 처박혀 있는 거야? 체프먼 녀석이 처음에야 주저했지만 거짓말하는 것 같지는 않았거든. 이유 없이 잠적할 놈도 아니고……. 이번 일을 끝내고 본격적으로 찾아보자. 케이힐, 네 능력이면 금세 찾을 수 있을 거야."

"어? 스캇, 엘리베이터가 내려와."

"놈일 거야. 아니, 반드시 놈이어야 해. 슬슬 지겨워지기 시작했거든. 놈이라면 감시 카메라부터 부숴 버려."

"오케이, 맡겨 둬. 눈만 깜빡이면 해결되니 걱정 마."

"동행이 있거나 하면 같이 처리한다. 알았어?"

작전 수행에 서로의 감정 일치는 필수라는 뜻.

"걱정 말라니까."

그러는 사이 '띵' 소리가 나면서 엘리베이트가 멈추고 곧 문이 열렸다.

스르르르.

엘리베이터 문이 열리고 두 사람이 가다리던 담용이 모습을 드러냈다.

"다행히 일이 되려는지 혼자로군."

담용을 확인하는 순간, 마치 지금 막 주차를 한 시늉을 하며 스캇과 케이힐이 차에서 내리더니 자연스러움을 가장하며 엘리베이터로 향했다.

그와 동시에 케이힐이 눈을 깜빡이자, '퍽' 하고 엘리베이터 출입구 천장에 달려 있던 감시 카메라가 박살 나는 소음이 들렸다.

'응?'

미세한 소음이었지만 감각이 예민한 담용의 귀를 속일 수는 없었다.

순간적으로 매의 눈으로 변한 단용의 시선이 소음이 들린 정확한 지점을 포착했다.

'감시 카메라!'

반구형의 돔 카메라가 박살 나면서 파편이 발치에 떨어지자 담용이 슬쩍 비켜섰다.

마치 재료의 수명이 다 되어 삭아서 저절로 박살이 난 것처럼 자연스러운 현상같이 보였다.

감시 카메라가 다됐다고?

천만에 전혀 그럴 가능성은 없다. 이제 막 태동하기 시작하는 감시 시스템이지 않은가?

그사이 삭았다고?

"……!"

담용의 시선이 마주 다가오는 두 명의 외국인에게 꽂혔다.

오싹!

별안간 한기가 들면서 전신에 소름이 돋았다.

'헛! 뭐, 뭐야?'

돌연 깊이 잠들어 있던 차크라가 난마처럼 요동을 쳐 대며 몸 구석구석으로 스며들더니 삽시간에 방어 체계를 구축하는 것이 아닌가?

타일러의 저격 당시 겪었던 적이 있던 익숙함이다.

당시는 뭐가 뭔지 몰랐던 현상이지만 지금은 다르다.

'으…… 두통.'

얼음덩이를 채워 넣은 것처럼 머리가 차갑게 식었다가 곧 사라졌다.

'이, 이게 무슨……?'

머리가 차가워진 현상은 생소한 경험이었다.

한데 이런 기현상 덕에 왠지 자신에게 좋지 않은 일이 다가오고 있음을 본능적으로 알았다.

즉, 위기를 감지한 차크라가 스스로 방어 시스템을 구축했다고 할까 그런 기분이었다.

담용이 당황하는 사이 외국인 두 명이 서로 얘기를 나누며 지척으로 다가왔다.

별로 경계할 만한 이상 징후는 보이지 않았다.

'윽.'

갑자기 피부가 개미 떼의 공격을 받은 듯 따끔거림과 동시에 '우우웅, 웅웅웅' 하고 귀에서는 이명 현상까지 생겨났다.

느닷없는 돌발 현상.

'이건 위험하다.'

경험한 바는 없었지만 본능은 위험하다는 경종을 울리는

것임을 단박에 알 수 있었다.

그 순간, 지척에 다가선 노랑 머리가 불쑥 앞으로 나서면서 부딪치듯 다가서는 것을 보고는 재빨리 옆으로 비켜섰다.

그러나 조금 늦은 바가 있어 두 사람의 손이 살짝 스치듯 부딪쳤다.

스캇이 고의로 정면으로 부딪치듯 다가오는 것을 담용이 얼른 피하느라 서로가 왼손이 스친 것이다.

순간 '찌릿' 하는 갑작스러운 전기 감전 충격에 담용이 입을 쩍 벌리며 왼손을 움츠리고는 속으로 비명을 질렀다.

'으헉!'

"어?"

담용의 재빠른 반응이 뜻밖이었던 듯 모호한 표정을 지은 스캇이 느닷없이 오른손을 쭉 내밀었다.

우우웅! 트드드드득.

오른손을 내밂과 때를 같이하여 귀를 거슬리게 하는 거친 드릴음이 울렸다.

스캇의 사이킥 드릴 공격이었다.

오른손은 날카로운 강철로 화했다. 아니, 꼭 그런 것 같아 보였다.

팔은 자동차의 크랭크축을 연상케 할 정도로 맹렬하게 회전, 아니 이 역시 그런 느낌이 들었지만 실제로는 원을 그린 것이다.

담용의 예리한 시력은 그 와중에도 그런 점을 놓치지 않았
다.

그와 동시이다시피 엘리베이터 옆에 비치됐던 소화기가
저절로 쑤욱 떠오르더니 담용의 머리를 향해 무서운 기세로
날아들었다.

케이힐이 염력으로 사이코키네시스 수법을 발현시킨 결과
였다.

"악!"

난데없이 어깨를 푹 쑤시듯 파고드는 고통에 담용의 입에
서 짧은 비명이 터져 나왔다.

찰나, 전광석화처럼 날아든 소화기를 본 담용이 본능적으
로 움츠렸다.

하지만 조금 늦었는지 '퍽' 하는 소리와 함께 후두부에 둔
중한 고통이 뒤따랐다.

"크윽!"

쇠뭉치 같은 소화기에 후두부를 강하게 얻어맞은 담용이
충격을 받았는지 비틀했다.

순간, '트드득' 하는 소음과 함께 또다시 옆구리가 불에 지
진 듯 화끈해진다 싶더니 '카카칵' 하는 격한 소음으로 변했
다가 곧 사라졌다.

격한 소음은 담용의 차크라가 반응한 결과였지만 공격을
가한 스캇이나 담용이나 그걸 느낄 새가 없었다.

"크윽."

피하고 자시고 할 여가도 없이 드릴이 옆구리를 후비자 신음에 이어 정신이 번쩍 들었다.

'사, 사람 손이 드릴처럼 강력한 회전을 할 수 있다니!'

억눌린 신음을 터뜨린 담용은 기함을 하는 와중에서도 뇌리로 퍼뜩 떠오른 염동장막인 사이킥 맨틀을 발현시켜 몸을 견고하게 만들었다.

이어서 속히 벗어나야 한다는 생각에 몸을 새우처럼 말아 정신없이 앞으로 구르고 굴렀다.

'으윽!'

어깨와 옆구리의 상처가 심했던지 제대로 된 앞구르기가 되지 못하고 콘크리트 바닥에 그대로 몸을 내던진 우스운 꼴이었다.

하지만 우선은 두 사람에게서 멀찌감치 벗어나는 것이 급선무라 연방 바닥을 구르며 아쉬운 대로 차량 뒤에 몸을 숨겼다.

그러나 번연히 보는 앞이라 몸을 더 깊숙이 은신하기 위해서는 계속해서 움직여야 했다.

다행히 몸을 은신할 수 있는 차량들은 많았다.

엄습해 오는 고통을 이를 악무는 것으로 대신한 담용의 신형이 기도비닉에 들어가면서 순식간에 두 사람의 시야에서 사라졌다.

"호오, 제법 빠른 놈인걸."

담용의 재빠름에 의외다 싶었던지 잠시 놀랐지만 스캇과 케이힐 역시 엄청난 몸놀림으로 담용을 추적해 갔다.

"쿠쿠쿡, 도망칠 수는 있지만 숨을 수는 없을걸."

"델타 원! 사람들이 나타나기 전에 빨리!"

케이힐이 앞서 쫓아가는 스캇에게 고함을 지르듯 소리쳤다.

그런데 스캇이라는 이름 대신 '델타 원'이란 호칭을 쓰는 것으로 보아 이런 경우 이들만의 호칭이 따로 있는 듯했다.

타타타타탓.

가벼운 몸놀림을 보여 줄 거라 예상은 했지만, 스캇은 생각 이상으로 빨랐다.

"흐흐흣, 찰리 원, 내 걱정 말고 넌 왼쪽으로 가서 진로를 막아!"

오른쪽이 주차 지역인 벽체라면 왼쪽은 통행로였다. 차량 밑으로 기어 나니기 어렵다면 도수로는 두 곳밖에 없으리라 예상한 것이다.

그런데 두 사람이 조우할 때까지 담용의 모습은 그 어디에도 없었다.

"어? 이 자식, 어디로 갔어?"

"찰리 원, 피가 흥건해. 놈은 트랩에 걸린 쥐라고."

핏자국만 따라가도 된다는 말.

그러나 스캇과 케이힐이 간과한 것이 있었으니 바로 담용이 극도의 인내를 발휘해 천장의 공조 시설을 이용했다는 점이었다.

더구나 담용이 향한 곳은 차량이 주차장으로 들어서는 진입로였다.

일촉즉발의 순간에도 이성을 잃지 않은 담용이 위기를 감지한 순간부터 탈출로를 먼저 모색했던 것이 주효했던 것이다.

이는 특전사 시절에 받았던 교육과 훈련의 결과였다.

즉, 적에게 포위되었거나 중과부적일 경우를 대비해 가장 먼저 탈출로의 위치부터 봐 두는 것은 기본 중의 기본이었던 것이다.

그것이 지금 위기 탈출의 교본이 되고 있었다.

그러나 어깨와 옆구리에서 흘러나온 피가 혈흔이 되어 바닥에 점점이 떨어져 있는 것까지는 어찌할 수 없었다.

이를 놓칠 스캇과 케이힐이 아니었다.

"앗! 찰리 원, 출입구야!"

"제길, 놈이 천장을 통해 달아났어."

바닥의 뚜렷한 혈흔은 탈출 경로까지 알려 주고 있었다.

"이런 제길…… 빨리 쫓아가!"

그제야 조금은 느긋해하던 스캇과 케이힐이 다급해지기 시작했다.

바인더북

여유롭던 마음이 사라지자 허둥대며 속도를 내는 두 사람이다.

그때, 진입로로부터 '부웅' 하는 자동차 구동음과 함께 불빛이 비쳤다.

차량이 주차장으로 들어서는 소리였다.

"이런! 차가 들어온다!"

"델타 원, 그늘진 쪽으로 붙어!"

부우우웅—!

검은 중형 승용차 한 대가 주차장으로 들어서는 것을 본 두 사람이 음영이 짙은 벽에 바짝 붙었다.

주차장 바닥에 피가 흥건한 지금 타인의 눈에 띄어서는 곤란했기 때문이었다.

하지만 그만큼 지체되어 잠시나마 담용이 도주할 시간을 번 셈이 됐다.

"델타 원, 핏자국을 따라가!"

"좋아, 놈은 부상이 심해 멀리 가지 못해."

자신 있게 말했지만 스캇은 고개를 갸웃했다.

이유는 이제야 두 번째 사이킥 드릴을 시도했을 때, 감각이 이상했음을 자각한 것이다.

또 한 가지는 고스트 트릭을 시도했음에도 놈의 손이 짓물러지지 않았을 것이라는 예감이었다.

고스트 트릭 수법에 당한 사람은 당장 표시가 나는 건 아니지만 대략 2~3분 정도 후면 뼈와 살이 녹아내리면서 뭍에 올라온 해파리처럼 흐물흐물 늘어지는 현상이 나타난다.

그때서야 비명 소리도 극에 달한다.

분명히 놈의 손을 통과했었다. 그럼에도 불구하고 비명 소리가 들리지 않으니 이해가 되지 않았다.

'이랬던 적은 단 한 번도 없는데…….'

주어진 임무를 완수함에 있어 단 한 번도 실패한 적이 없는 스캇이다 보니 지금의 상황은 이해 불가였다.

"왜 그래?"

흠칫.

"아, 아무것도 아니야."

자존심 또한 초능력자들만이 지니고 있는 고유 영역이라 스캇은 그런 사실을 인정하고 싶지 않아 케이힐을 앞질러 성큼성큼 걸어갔다.

'그래, 착각이었을 거야.'

그렇게 자위하면서도 추적해 가는 내내 께름칙한 스캇이었다.

스캇의 자존심 때문에 향후 어떤 상황이 전개될지 두고 볼일이다.

"델타 원, 사람들이 있어, 천천히 가."

주차장 진입로를 벗어나자, 사람들이 하나둘씩 보이기 시작했다.

추적의 고삐를 늦춘 스캇과 케이힐이 빠른 걸음으로 사방을 두리번거렸다.

"이 자식, 보통 놈이 아닌걸."

"그래 봐야 우릴 벗어나긴 어려워."

"찰리 원, 여기 흔적이 있어."

"그래?"

바닥의 핏자국을 살핀 케이힐의 시선이 네온사인이 휘황한 피자힐 쪽으로 향했다.

한데 케이힐은 눈에 피자힐의 뒤로 어둠에 잠긴 시커먼 산이 들어오자 단박에 표정이 구겨졌다.

"제기랄, 산으로 도주했어."

골치 아프게 됐다는 듯 케이힐이 이마를 짚었다.

그러나 그것도 잠시 재빨리 피를 손에 묻히고는 사이코메트리를 시전했다.

"델타 원, 끝까지 추적한다. 따라와."

"이봐, 놈이 산으로 도주했다면 어차피 시간이 걸리는 일이야. 더구나 우린 산의 지리를 모르잖아?"

"방금 그 녀석도 마찬가지야. 얼떨결에 도주를 한 것이지 일부러 산을 택한 것은 아닐 테니까."

절레절레.

"어쩌자고?"

"바쁠 것 없다는 뜻이야."

"놈이 신고라도 하면 어쩌려고 그래?"

"풋! 우리가 뭘 했는데?"

"......?"

"우린 여기 온 사실이 없다고. 우리가 노출된 곳이 있어야 경찰이 그 녀석 말을 믿을 것 아니냐고?"

"어? 그러고 보니 그러네."

사실 감시 카메라를 피하거나 무용지물로 만들면서 여기까지 왔음을 스캇의 말이 있고서야 케이힐이 자각했다.

"정 곤란하다 싶으면 둘이 잠시 찢어졌다가 만나면 돼. 그렇다고 놈을 찾지 못할 우리도 아니잖아?"

맞는 말이다. 놈이 산을 벗어나더라도 일에는 전혀 지장이 없다.

사이코메트리 수법이라면 바닷속으로 숨는다고 해도 찾아내는 건 여반장이다.

괜히 조바심을 낸 격이다.

"그렇긴 하네. 미안, 나만 마음이 급했군."

"무엇보다 지금 배가 무지 고프다는 거야. 우리 점심을 먹은 지 6시간이나 지났다고."

"그건 나도 마찬가지지."

"거보라고. 당장 잡지 못할 바에야 배나 든든히 채우고 느긋하게 추적하는 게 어때? 마침 피자집도 있으니 잘됐네."

"나쁠 것 없겠군. 대신 포장으로 주문해. 먹어 가면서 천천히 추적하는 게 좋겠어."

"하하핫, 내 말이 그 말이야."

죽이 맞은 스캇과 케이힐이 추적을 잠시 중단하고 여유 있
는 걸음으로 피자힐로 향했다.

두 사람이 피자힐 안으로 사라졌을 때, 호텔이 갑자기 부
산해지면서 고성이 오가기 시작했다.

아마도 지하 주차장의 피를 발견한 탓이리라.

BINDER
BOOK

하동건 중사의 비밀 장소

　생사의 위기라고 여긴 담용은 죽을힘을 다해 달려 아차산에 오르자마자 눈에 보이는 바위 뒤에 은신했다.

　그렇게 한숨을 돌린 그의 입에서 연방 신음이 흘러나왔다.

　"으으으……."

　생살을 후비며 파고든 상처에 참을성이 강한 담용도 입술이 부르르 떨릴 정도로 고통이 심했던 것이다.

　그 힘든 특전사 시절에도 이런 경험, 아니 이런 부상을 단한 차례도 겪어 보지 못했던 터라 지금의 상황이 꿈인지 생시인지 의심스러울 정도였다.

　하지만 놀란 가슴이 진정하지 못하고 쿵쾅거리는 데다 왼손은 거의 마비된 상태.

어깨와 옆구리에서 피가 꾸역꾸역 흐르는 것을 보면 분명 꿈은 아니었다.

이런 생각 자체가 평화가 너무 길었던 탓이라 여겨졌다.

'너무 나태했어.'

방심보다 더 무서운 나태함 탓에 극한의 상황에 몰린 뒤에야 자신이 그동안 너무 안일했다는 것을 통감하는 담용이다.

그런 와중에도 줄곧 뇌리를 따라다니는 것은 초능력자라는 단어였다.

놈들은 분명히 초능력자들이었다. 그것도 두 명씩이나.

'사이킥 드릴이라니!'

이런 게 실제로 존재할 줄은 상상도 못 했다.

그렇다고 소설이나 영화처럼 실제로 손이 강철 드릴이나 전동 드라이버로 변한 것은 아니다. 손과 팔이 가공할 위력으로 떨리거나 아니면 원을 그린 것이다.

즉, 관절을 무시한 회전이 아닌 것이다.

초능력자라도 인간이다. 단지 평생을 가도 채 5퍼센트도 사용하지 못한다는 뇌를 개발해 잠재력을 격발시키는 것에 불과할 뿐이다.

물론 사람마다 특화된 기질이 달라 드러나는 능력 역시 차이가 있다.

체구가 큰 백인의 능력은 본 바가 없었지만, 그도 초능력자인 것 같았다. 직감이 그랬다.

담용은 아마도 사이코메트리에 특화된 자가 아닌가 짐작했다.

왜냐면 그가 워커힐에 머물고 있음을 정확하게 알고 노렸다는 점 때문이다.

'초능력자 두 명이 나를 노린다?'

꿈속에서도 생각지 못한 일이었다.

백만 명 중 한 명도 출현하기 어렵다는 초능력자가 두 명이나 대한민국에 모습을 드러내다니, 온 나라가 발칵 뒤집힐 일이다.

그런데도 아무런 정보가 없다.

이들이 활보하고 다닌다는 것은, 경찰, 검찰, 기무사, 국정원 등의 정보기관들이 이들이 입국한 사실조차 모른다는 뜻이다.

아니, 초능력자가 존재한다는 사실 자체를 알기나 할까?

하지만 그들은 존재하며 일은 이미 벌어졌다.

설사 지금 알았다고 해도 사후 약방문일 뿐이다.

놈들은 정확히 담용 자신을 타깃으로 삼아 죽이려 했다. 이건 확실했다.

'왜? 무슨 이유로? 무엇 때문에?'라는 의문을 품을 사이도 없이 당한 일이었다.

'으음, 내가 초능력자라는 것이 노출된 건가?'

그것이 아니라면 적당한 이유가 없다.

그러나 종내 마음에 걸리는 건 있었다.

바로 파이낸싱스타다.

킬러를 보냈던 전력이 있으니 의심해 봄 직하지 않은가?

하지만 킬러와 초능력자는 그 격이나 성향이 너무 달라서 확신하기가 어려웠다.

담용은 다소 희박하긴 해도 파이낸싱스타도 의심의 범주에 넣었다.

사실 파이낸싱스타 외에는 달리 떠오르는 곳도 없었고, 악연에서 오는 직감이었다.

사이코 기질이 다분한 체프먼이라면 이번 HDI빌딩의 낙찰 가격에 광분할 것이 틀림없다.

온갖 더러운 수단과 방법을 동원하면서까지 욕심을 채우려는 놈이니, 킬러가 실패하자 이번에는 초능력자를 고용했을 수도 있는 일이었다.

만약 사실이라면 도저히 용서할 수가 없다.

그러나 지금은 때가 아니었다.

분기를 다스리고 생각을 해야 했기에 담용은 머리를 한차례 흔들어 잡념을 떨쳤다.

'누가 됐든 나란 존재를 알아냈다는 것인데…….'

분명한 점은 불특정 다수를 향한 암살은 아니라는 것.

아무튼 지금 가장 시급한 것은 몸부터 회복하는 일, 다른 데 신경 쓸 겨를이 없다.

그러고 보니 다친 곳이 왼손, 왼 옆구리, 왼 어깨다.

왼손은 망치에 찧은 듯 뻐근하면서도 얼얼한 고통이 느껴졌다.

왼 옆구리는 살이 한 움큼 뜯겨 나간 상태라 고통이 가장 컸고, 왼 어깨는 그나마 강한 부위라 피만 흘러내릴 뿐 상처 부위나 고통이 비교적 덜했다.

어쨌거나 그야말로 반신불수 신세나 다름없는 상태다.

찌이익.

담용은 상의를 벗어 속옷을 길게 찢은 후 두 조각으로 나눠 어깨와 옆구리를 칭칭 동여맸다.

오른손으로 틀어막는다고는 했지만 피를 너무 많이 흘린 감이 있었다.

다행히 아직 어지럼증은 느껴지지 않았다.

자가 치료는 특전사 시절에 수도 없이 반복했던 경험에 의한 것이라 손놀림은 빨랐다.

뇌가 기억하고 몸이 기억하는 넉이다.

대충이나마 조치를 끝낸 담용은 다행히 차크라의 기운이 상처 부위로 집중돼 회복을 빠르게 하고 있다는 것을 알아챘다.

아울러 고통도 조금이나마 가시는 듯한 기분이었다.

'속히 이동해야 돼.'

한자리에 오래 머물 수는 없다.

특히 작금의 상황에서 가장 경계해야 할 것이 사이코메트리 수법을 쓰는 덩치 큰 백인이다.

이대로 머문다면 더 이상의 요행은 어렵다.

바위 위로 얼굴을 내민 담용이 전방을 주시했다.

안력을 돋워 주시해 보니 아직 아무런 징후도 느껴지지 않았다.

바닥에 귀를 갖다 대고 차크라를 집중시켰다.

'……?'

역시 아무런 동정이 없다.

발소리나 목소리 혹은 나뭇가지나 잎사귀를 스치는 소리가 전혀 들리지 않았다.

이는 둘 중 하나다.

포기했거나 아니면 더 은밀하게 추적하고 있다는 것.

고로 안심하기에는 일렀다.

상대가 초능력자들이었기에 언제 어디에서 불쑥 나타나 공격해 올지 몰라 긴장을 끈을 바짝 조인 담용은 그제야 이곳이 아차산임을 알았다.

'후우, 아차산이 아니었으면 이미 고혼이 됐을지도 모르겠군.'

주차장에 갇혔더라면!

생각만 해도 끔찍했다.

정상 컨디션이었을지라도 초능력자 두 명을 감당하기란 여간 어렵지 않았을 것이다. 하물며 부상당한 몸으로야 어림도 없다.

아직 담용으로서는 다양한 분야의 초능력을 실험해 보는 수준일 뿐 뭐 하나 제대로 된 특기라 할 만한 초능력을 숙련시켜 놓은 것이 없다.

고로 아직은 얼치기 수준인 셈이다.

상대가 일반인이라면 괄목할 만한 위력이겠지만 전문 초능력자들의 상대하기에는 역부족이다.

'어떡한다?'

기습을 당하고 부상까지 입다 보니 평소 잘 돌아가던 머리도 굳었는지 묘안이 떠오르지 않았다.

그러다가 퍼뜩 떠오른 것이 청계천에서 공구 상가를 하는 하동건이었다.

특전사 시절의 하동건은 중대 보급계 직책을 맡아 중대원들이 그 어떤 훈련에도 보급품의 어려움이 없도록 하는 데 특출한 능력을 보였었다.

하물며 지형과 기후에 상관없이 애로 사항이 있다 싶으면 임시방편으로라도 해결하는 능력을 보일 정도로 그 방면으로는 대가라고 할 수 있었다.

담용이 하동건을 떠올린 이유는 산악 훈련을 나갈 때면 그가 가끔 했던 말 때문이었다.

담용은 그때를 회상해 보았다.

"후후훗, 육 중사, 내가 산악 훈련을 나올 때마다 나만의 비밀 장소를 하나씩 만들어 둔다는 걸 알아?"

"어? 그랬어?"

"히히힛, 4년 전부터 해 왔지."

"오호! 그래? 근데 비밀 장소라니, 그게 뭔데?"

"어허, 네가 알게 되면 더 이상 비밀 장소가 아니지."

"풉! 기껏 말해 놓고 엉덩이는 왜 빼는데?"

"그냥 그렇다는 걸 알아 두라는 거지."

"후훗, 말하지 않아도 알 것 같군."

"엉? 안다고? 뭔데?"

"네 녀석이 응가한 장소가 비밀 장소일 테니까."

"푸훗, 지저분하게 왜 이래? 이거 보이지?"

하동건이 군장에서 비닐로 몇 겹이나 꽁꽁 싸맨 물건을 꺼내더니 흔들어 댔다.

"어? 그건 뭐냐?"

"역시 비밀."

"퍽이나."

"난 말이야. 이걸 산악 훈련을 한 장소마다 숨겨 두곤 해."

"참, 할 일도 없다."

"사실 말이야 바른 말이지, 우리가 쓰는 무기들이 좀 그렇잖아? 한마디로 후지지. 도대체 K1A가 언제 적의 총기냐고. 솔직히 20년이나 넘은 된 구식이잖아? 이 나라는 그 많은 돈을 어디다 쓰는지 특전사 요원들에게 광학식 조준경 하나 지급해 주지 않는다고. 우리가 별도로 구입해서 쓰잖아?"

"하긴……."

"더 웃기는 건 말이다. 이런 상황을 알면 지휘부에서 잘못됐음을 알고 신식 장비를 지급할 생각을 해야 하는데, 오히려 돈이 안 들어서 좋다며 그냥 묵인하고 방치해 버린다는 거야. 기막힌 사실이지. 그래서 그놈의 후진 무기 땜에 내 나름대로 비상시를 대비할 수밖에 없다는 거야."

"뭐, 이해는 되는데…… 그걸 숨겨서 어따 쓰려고?"

"하핫, 하늘이 무너질까 걱정돼서 어떻게 사느냐고 하겠지만 나로서는 나름대로 유비무환을 준비하는 셈이지."

"쩝, 그걸 여기 숨겨 뒀다가 나중에 쓸 일이 있을 때 쓰겠다는 말인 건 알겠는데, 그럴 일이 있어야 말이지."

"그건 아무도 모르는 일이지. 지금은 휴전 상태야. 휴전은 곧 전쟁 중이라는 얘기나 마찬가지니 언제 전쟁이 터져도 이상한 일은 아니잖아?"

"크크큭, 그야말로 하늘이 무너질까 봐 어찌 사느냐고 묻고 싶다."

"하하핫, 어쨌든 우리가 여길 또 언제 오겠어? 온 김에 나만의 장소에 이걸 묻어 두고 가는 거지."

"그래, 많이 많이 묻어 놔라. 내가 나중에 잘 써 주마."

"짜식, 묻어 둔 장소를 모르면 소용없어."

그렇게 말한 하동건은 혼련지에 올 때마다 누구도 몰래 주둔지를 벗어나곤 했었다.

'녀석이 아차산에도 묻어 뒀을까?'

당연히 그만의 비밀 장소에 묻어 뒀을 것이다.

아차산도 산악 훈련 장소 중 하나로 꼽히는 곳이었고, 담용도 특전사 시절 훈련의 일환으로 아차산을 다녀간 적이 있었으니 틀림없을 것이다.

당시의 훈련은 구리 방면에서 서울로 진입한 적의 후방에 침투해 교란과 침투, 요인 암살 등의 작전을 수행하는 수도 방위 통합 작전이었다.

훈련 당시 아차산이 삼국시대 때부터 군사적 요충지라는 말을 들었다.

백제가 고구려의 남하를 막기 위해 아차산성을 축조한 것도 그 때문이다.

현세에서도 북한이 남침할 경우, 수도 서울을 방어하는 중요한 거점이기도 했다.

그랬기에 서울이 점령됐을 때를 가상해 훈련을 하는 것이다.

이렇듯 특전사 출신이라면 전국의 주요 산야를 두루 섭렵하면서 훈련에 임했다고 해도 과언은 아니었다.

즉, 지역에 구애받지 않고 훈련을 한다는 뜻이다.

이는 유사시를 대비해 대한민국 어느 장소에서든 작전 수행 능력을 보다 원활히 하기 위해 미리 지형지물을 숙지해 놔야만 하기 때문이었다.

때마침 아차산이 특전사 시절에 인연이 있었으니 하동건이 역시 이곳에도 비밀 장소를 만들어 물건을 숨겨 뒀을 것이다.

지금은 그 물건이 절실했다.

물론 뭐가 숨겨져 있을지는 모른다. 다만 특전사였던 하동건이라면 무기 종류가 아닐까 하는 막연한 기대를 갖게 했다.

지금 무기라고 할 수 있는 것이 있을 리 없는 담용이다.

기껏해야 애마의 열쇠 그리고 볼펜 같은 필기도구가 전부였다.

즉, 쇠붙이라고는 열쇠밖에 없다.

다급하면 나뭇가지로 대용할 수는 있겠지만 초능력자들을 상대로는 언감생심이다.

웬만한 무기로는 어림도 없다.

그야말로 지금은 공격은커녕 방어하는 데도 절대 취약한 상태.

하동건의 비밀 장소에 쓸 만한 것이 있기를 바랄 뿐이다.

거기에 담용의 능력을 가미한다면 어찌해 볼 수 있을 것 같았다.

신고?

별로 좋은 생각이 아닌 것 같아 포기했다.

몇 가지 이유를 들 수 있지만 결론은 경찰들로는 초능력자들을 어찌할 수 없다는 것이다.

국정원 역시 도움이 안 되긴 마찬가지다.

총기조차 통하지 않는 초능력자를 어떻게 처리한단 말인가?

담용 역시 총기는 그리 위협적이지 않은 경지다.

하물며 전문가 수준이라면 애초 스킬 자체가 다른 것이다.

그렇다면 혼자 해결할 수밖에 없다.

결심한 담용이 휴대폰을 꺼내 단축 버튼을 눌렀다.

ㅡ어이! 잘 살았어?

"그렇지 못해 미안하다."

ㅡ뭔 소리야? 왜? 무슨 일 있어?

"하 중사, 지금 오순도순 대화할 상황이 아니다. 실제 상황이니 내 말 잘 들어."

ㅡ응? 무슨 일이 있구나?

담용의 어투가 예전과 다른 것을 안 하동건의 목소리가 긴장했다.

"그래, 지금 이상한 놈들에게 쫓기다가 아차산으로 들어와 있다."

－뭐? 아차산!

"응."

－으음, 전화한 이유를 알겠다.

담용이 무엇 때문에 전화를 했는지 눈치챈 하동건이 말을 이었다.

"여기도 숨겨 놨냐?

－두말하면 잔소리지.

'후우, 다행이다.'

－지금 급한 것 같으니까 두말하지 않을 테니 잘 들어.

"그, 그래."

－혹시 다쳤냐?

"응, 조금 많이."

－저런! 잠시만 기다려야겠다. 나도 워낙 많은 산에다 뭘 숨겨 놔서 기억을 다 못해. 아차산도 자료를 찾아봐야 한다고.

"빨리 좀 찾아봐, 녀석들이 언제 나타날지 몰라."

－알았어. 마침 컴퓨터 앞에 있으니까 금방 찾을 수 있어. 아! 지금 있는 곳이 어디야?

"쉐라톤 워커힐호텔 옆의 피자힐 위쪽 산등성."

－다행이다. 내 기억에는 거기서 멀지 않은 것 같다. 일단 움직이면서 들어. 아차산성 길을 따라 올라가.

"용마산 방향인가?"

－일단은. 왜? 움직이기 힘들 정도야?

"그래도 가 봐야지 어쩌겠어?"

신기하게도 상처 부위가 조금씩 호전되고 있는지 고통이 많이 줄어든 느낌이어서 발걸음을 조금 빨리했다.

－용마산 정상까지 갈 필요는 없어. 일단 그 방향으로 움직여! 내가 계속 말해 줄 테니까, 어서!

"아, 지금 가고 있다고."

－어? 여기 있네. 육 중사. 다행히 내 기억처럼 거기서 멀지 않다.

"얼마나 걸릴 것 같아?"

－빠른 걸음이면 대략 20분.

"알았다."

그 정도는 얼마든지 견딜 수 있는 시간이었다.

－혹시 온달샘이라고 알아? 온달 장군이 무술을 닦다가 목이 마를 때마다 마셨다는 샘물 말이다.

"아, 훈련 때 본 것 같다. 그때 샘물을 마시기도 했지. 근데 내 기억에는 거기가 용마산 정상으로 올라가는 능선 길은 아니었던 것 같은데?"

－그쪽으로 왜 가? 구리시 쪽으로 방향을 틀어야지.

"너무 두루뭉술하잖아? 지금은 캄캄한 밤이라고."

－군사훈련이 밤에 하는 거지 낮에 하는 거냐? 엄살은.

"쩝."

바인더북

야외 군사훈련이 대개 야간에 이루어져 기억이 난다 하더라도 현장에 가면 헤매기 일쑤다.

그러나 지금의 담용은 안력만 돋워도 손전등 밝기만큼 시야를 확보할 수 있어 별 어려움은 없다.

그런 만큼 기억을 더듬어서 찾아가는 건 그리 어렵지 않아 조금씩 길이 익숙해졌다.

-지금 이동하고 있지?

"그래, 현재 컨디션으로는 뜀박질은 어렵고 속보로 가고 있는 중이다."

-젠장맞을. 대체 언 놈들이야?

"나도 몰라. 내가 나도 모르게 누구에게 원한을 진 모양이다."

-너를 그 정도로 몰아붙였다면 보통 놈들이 아닌 것 같다. 그러니 능선을 따라가지 말고 우측 8부 능선을 따라 조금 내려가. 추적당할 수도 있으니까.

"그러고 있어."

-가다 보면 아래로 좁은 산길이 나와. 그 길을 따라가다 보면 석탑이 보일 거다. 온달샘 석탑이라고 하지. 그 밑에는 시민들 체육 시설이 있어. 알아들었어?

"응."

-지금 어디쯤이야?

"석탑까지 거의 당도한 것 같다. 다행히 그리 멀지 않네."

—가깝다고 했잖아. 그 근처에서 휴식할 때라 나도 그리 멀리 가지 못하고 근처에 숨겼지. 근데 너…… 야전삽이…… 젠장, 없겠구나.

 "삽이 있어야 돼?"

 —응, 거긴 사람들이 많이 오가는 곳이라 좀 깊이 묻었거든.

 "일단 찾고 보자. 석탑에 다 왔다."

 —거기 체육 시설에 사람들은 없냐?

 "없어. 전등 불빛만 보여."

 —잘됐네.

 "어디 숨겼어?"

 —온달샘이 보이지?

 "응."

 —우선 물 좀 마셔.

 "안 그래도 그럴 생각이다. 근데 물이 별로 없네."

 피를 많이 흘린 터라 목이 말랐던 담용이 돌에 놓인 플라스틱 바가지로 물을 떠서는 한 모금씩 천천히 마셨다.

 —그동안 마른장마라 가물었잖아.

 "여기서 어디로 가야 되냐?"

 —샘 위에 바위 하나 보이지?

 "응."

 —그 뒤쪽을 파 봐. 근데 도구가 없어서 어떡하냐?

"무슨 수라도 써야지 내용물이 뭐야?"

-약간의 구급약품과 건빵 두 봉지 그리고 대검하고 커터 칼, 검정 비닐, 피아노 줄 등이다.

"홋! 있을 건 다 있네."

-빨리 약통부터 찾아서 소독하고 꿰매. 구급상자에 하얀 가루약이 있는데 이름은 몰라. 의무대에서 미제라면서 줬는데 약효가 죅인다더라. 그건 꼭 뿌리도록 해.

"알았다. 이만 끊자."

-애들한테 비상 걸까?

"됐어."

-인마, 그러다가 잘못되면 어쩌려고?

"도망가면 그만이지. 이런 야밤에 잡힐 일이 어딨다고 그래? 그래도 우리가 뜀박질 하나는 잘하잖아?"

-짜식이 고집은…… 다쳤다더니 그래도 심각한 건 아닌가 보네. 아무튼 조심해.

"하 중사."

-왜?

"고맙다."

-짜식, 싱겁기는. 나는 상황을 몰라서 전화가 어려우니 살아나면 꼭 연락해.

"그러지."

-인마, 진짜 조심해.

"염려 마라. 나 그리 약하지 않다. 끊는다."

탁!

통화를 끝낸 담용이 나뭇가지를 꺾어서는 차크라를 운용해 땅을 파기 시작했다.

오래지 않아서 몇 겹의 비닐로 싸인 물체를 찾아낼 수 있었다.

하동건의 비상용품을 든 담용이 석탑의 안쪽 구석으로 가서 앉았다.

기습을 당하더라도 전면만 방어하면 되는 장소라 택한 것이다.

'훗, 하 중사가 겉으로 보기보단 꼼꼼한 성격이었군.'

덩치가 작지 않은 데다 조금은 덜렁대는 성격인 하동건을 생각하면 의외다 싶은 비상용품이긴 했다.

언제 쓸 줄 모르는 비상용품이라 꼼꼼하게 밀봉해 놓은 것을 조심스럽게 푼 담용은 가장 먼저 조그만 플라스틱 상자부터 열었다.

하나씩 늘어놔 보니 제법 구색을 갖추고 있었다.

탄력 붕대, 커터 칼, 소독약(포비돈 아이오다인), 플라스틱 용기에 든 가루약, 봉합 바늘과 실, 몇 개의 캡슐로 된 항생제와 소염 진통제.

그리고 가장 중요하다고 할 수 있는 지도. 그것도 네 장이나 됐다.

'훗, 동근이 녀석, 지도책에서 찢었구나.'

그런데 무척 효율적인 것이 지번까지 표기된 지도라는 것이다.

그리고 무엇보다 아차성을 중심으로 한 인근의 상세 지도라 담용에게는 무척 요긴했다.

나머지는 건빵 두 봉지에 피아노 줄이 나무토막에 돌돌 말려 있었다.

그것이 전부였지만 지금으로선 요긴했다.

'어? 왼손이 정상으로 돌아왔구나.'

거의 마비됐던 왼손이 시간이 지나자 자유로워졌다.

그러나 아직은 뭐가 원인이었는지 감을 잡지 못한 상태다.

담용의 차크라가 빠르게 원상 복구를 한 셈인데, 기실 초능력자의 웬만한 공격에는 치명상을 입지 않는 신체가 된 것을 담용 본인이 인지하지 못하고 있을 뿐이다.

그만큼 두쉬얀단의 150년 평생 정화인 차크라는 여느 초능력자들의 능력과는 궤를 달리하는 탁월한 기운인 것이다.

'시간을 아껴야 해.'

서둘러 쩍 벌어진 옆구리 상처부터 대충 봉합하고는 가루약을 듬뿍 뿌렸다.

이어 탄력 붕대로 감고 어깨까지 치료를 마쳤다.

'더 악화되지 않게 하려면 약은 먹어 둬야겠지.'

상처 부위가 곪는 것을 방지하기 위해 캡슐을 전부 입에 털어 넣었다.

이어서 바가지에 떠 온 물을 마시기까지 소요 시간은 대략 10분.

'아쉬운 대로 이 정도면 됐어.'

건빵 두 봉지를 품속에 챙긴 담용이 대검집에서 대검을 빼 보았다.

'호오!'

세월이 흘렀어도 날이 시퍼렇게 살아 있었다. 손잡이에 천까지 감아 놓아서 손아귀에 착 감기는 감촉이 좋았다.

'적당하군.'

오랜만에 손에 쥐어 보는 거지만 무척 익숙한 기분이었다.

'응?'

갑자기 욱신거리던 옆구리와 어깨가 시원해졌다.

'이, 이렇게 빨리?'

아무리 가루약이 미제라지만 이럴 수는 없다.

하동건의 말대로 진짜 죽이는 약인가 싶다는 착각이 잠시 들었지만, 담용은 그동안의 경험으로 보아 차크라가 급속도로 회복을 도왔다고 여겼다.

이를테면 가루약과 항생제 그리고 차크라가 서로 상승작용을 한 덕분인 것이다.

조심스럽게 어깨를 들어 보았다.

전혀 무리가 없다. 조금 용기가 생긴 담용이 어깨를 천천히 돌려 보니 역시나 고통이 없다.

'어디…….'

몸을 오른쪽으로 기울여 허리의 상태를 살피니 역시나 고통이나 불편함이 느껴지지 않았다.

조금 더 과감하게 허리 운동을 해 봐도 평상시의 몸으로 돌아온 것 같았다.

'휘휴! 천만다행이다.'

이제 본연의 전투력이 살아난 셈이다. 정말이지 상처 회복이 경이로울 정도다.

이로써 차크라의 경지가 높아질수록 몸이 더 탄탄해지고 회복력도 빨라진다는 것이 증명된 셈이다.

'좀 더 부지런히 수련해야겠군. 시간이…….'

오후 9시가 다 되어 간다. 야밤이라 주변은 칠흑같이 어둡다.

서울 인근에 위치해 있어 산보 삼아 오르내리는 등산객이 많음에도 불구하고 아차산은 의외로 조성이 잘되어 있어 숲이 많이 우거져 있는 상태였다.

그런 탓에 유난히 어둠이 짙은 기분이었다.

'자, 서두를 것이 아니라 정리를 좀 해 보자.'

먼저 사이코메트리에 대한 것.

추적하고자 하는 사람의 체취 혹은 사용하던 물건에 담긴 흔적의 기억을 읽는 초능력 수법이다.

특히 상대와 직접 접촉했다거나 진한 흔적, 즉 체취가 밴 옷가지 등을 남겼다면 추적은 일도 아니다.

'아, 그렇구나, 피!'

담용은 굳이 사이코메트리를 시전하지 않더라도 추적을 할 수 있는 피를 질질 흘리고 다닌 꼴임을 상기했다.

'젠장, 이놈들이 여유를 부리는 이유가 그거였나?'

추적의 단서치고는 최악이다.

'준비를 해야겠군.'

이대로 당하고만 있을 수는 없었다.

주변을 잠시 훑어본 담용은 찾는 것이 없자, 산을 타고 올랐다.

황토를 찾기 위해서였다.

초능력자들도 약점은 있다

　대한민국은 어느 산을 막론하고 황토가 지천으로 있는 나라라 찾는 것은 그리 어렵지 않다.

　캄캄한 밤이었지만 차크라로 강화된 눈은 황토를 어렵지 않게 찾아냈다.

　대검으로 황토를 파내고는 섬성 비닐에 싸서 온달샘으로 돌아왔다.

　이어서 물로 치대어 걸쭉하게 만들고는 입고 있던 옷을 팬티만 남기고 전부 벗었다.

　남은 검정 비닐에 옷을 단단히 싸맨 담용이 그때부터 머리부터 발끝까지 물에 치댄 황토로 전신 위장에 들어갔다.

　'위장도 오랜만에 해 보는구나.'

체취를 완전히 없애기 위해 몸 구석구석은 물론 심지어 사타구니까지 꼼꼼하게 위장했다.

얼마 후, 마치 황토 조각이 된 듯이 변한 담용은 먼저 비상용품을 꺼낸 자리에 옷을 파묻고는 원래대로 복구했다.

옷가지를 지니고 다녔다가는 체취가 그대로 남아 있어 위장한 보람이 없어서다.

구두도 벗어 버린 탓에 담용은 맨발의 완전한 황토 조각상이 됐다.

'이 정도면…….'

체취를 완전히 지웠으니 추적에 혼선을 줄 수 있을 것이다.

여기서 가장 중요한 것은 황토의 흔적을 지우는 일이다. 이는 생존학 훈련에 있어 필수 사항이라 담용이 흔적을 남길 리는 없었다.

고로 위장한 자리는 어떤 흔적도 찾아볼 수 없이 깔끔했다.

'이제 놈들의 동태를 살필 차례군.'

주변을 다시 한 번 둘러보고 정리한 담용이 차크라의 기운을 끌어내 안력을 돋워 안광을 넓히고 귀를 활짝 개방했다.

한곳에 집중하기보다 광역으로 확장해 살피고 들으려는 담용의 의도다.

사위는 어둠과 함께 침묵이 내려앉은 듯 조용했다.

'아직인가?'

지금쯤 뒤를 쫓고도 남을 시간이다. 그러나 그 어떤 징후도 보이지 않는다는 것이 담용을 당혹케 만들었다.

'포기했다면 그것도 나쁘지 않은데……'

하지만 낙관은 금물.

아무리 초능력자라 하더라도 기척은 내기 마련인데 너무 조용했다.

좀 더 대담하게 움직이기로 한 담용이 특전사 시절로 돌아가 기도비닉을 유지하며 뱀이 기어오르듯 온달샘 계곡을 거슬러 올랐다.

사이코메트리에 대한 조치를 취해 놓을 적당한 곳이 필요했다.

온달샘까지는 흔적이 진득하게 남은 상태라 어쩔 수 없었지만 위장한 지금부터는 쉽게 추적하지 못하게 하기 위해서다.

'피아노 줄을 이용하련……'

담용의 두뇌가 특전사 시절로 회귀해 방안을 모색했다.

사이코메트리 수법을 무력화시키는 안티 사이코메트리 수법이 있다는 것을 알지만 담용으로서는 요원한 일이라 나름의 조지를 할 도구는 피아노 줄밖에 없었다.

대검으로 피아노 줄을 일정 길이로 잘랐다.

'이쯤에서 옅은 흔적을 남겨 둬야……'

너무 헤매다 보면 엉뚱한 길로 갈 수 있어서다.

'흠, 바위가…….'

주변을 돌아보니 앞쪽에 적당한 크기의 바위가 있는 것을 발견하고는 걸음을 멈췄다.

이어 일부러 나무에 몸을 살짝 비벼 흔적을 남긴 담용이 자신이 지나온 길목에다 발목 정도 높이로 피아노 줄을 가로질러 놓았다.

하동건이 피아노 줄을 준비한 것은 잠입과 탈출 시에 적병을 소리 없이 처치할 일이 있을 때 사용하기 위해서였다.

피아노 줄을 설치한 담용은 온달샘 계곡을 따라 두꺼비바위까지 올라갔다가 다시 원래의 자리로 돌아왔다.

하지만 내려올 때 의도적으로 멀찍이 돌아서 내려오는 수고를 더했다.

담용도 특전사 시절의 선배인 배수철 형사로 인해 의도치 않게 사이코메트리 수법을 사용한 적이 있어 경험은 있었다. 단지 자주 사용하지 못해 익숙하지 못할 뿐이다.

어쨌든 그래서 장단점 정도는 꿰고 있었다.

여기서 반드시 유의할 것이 있다.

사이코메트리를 시전하는 자가 꼼꼼한 성격이라면 지금의 의도가 무산될 수 있다는 점이다.

피아노 줄을 금세 발견할 수 있기에 그때는 다음 기회를 봐야 했다.

즉, 무조건 후퇴해야 한다는 뜻이다.

반대로 요행히 조금 덜렁대거나 오만한 성격이라면 발밑을 살피기보다는 시야를 멀리 두고 쫓을 것이다.

그 때문에 두꺼비바위까지 올라갔다가 멀찍이 돌아서 온 것이다.

그렇게 되면 발밑에 피아노 줄이 있는 줄 모르고 접근하다가 걸려서 넘어질 것이 틀림없다.

그때, 신형이 잠시 흐트러지는 그 짧은 순간이 그들 중 하나를 무용지물로 만들 수 있는 유일한 역습의 기회가 될 것이다.

그때를 놓치면 담용의 처지는 백척간두다.

담용은 후자이길 바라며 그렇듯 시야를 멀리 보도록 부지런을 떤 것이다.

훌쩍 점프를 한 담용이 바위 위에 바짝 엎드렸다.

몸을 숨길 수 있는 제법 큰 바위가 있었기에 피아노 줄 함정의 위치로 택한 것이다.

잠시 무료한 시간이 지나고 밤 10시에 접어들 무렵이다.

'오는군.'

기감에 잡히는 기척은 두 사람이었다.

밤늦은 시간에 산행객이 있을 리가 없으니 자신을 뒤쫓아 온 초능력자들일 것이 확실했다.

그런데 무척이나 여유가 있는 듯, 먹을거리를 씹어 대는 소리까지 귀에 잡혔다.

그러나 아직 도착하려면 조금 더 있어야 할 거리다.

이제 담용은 자신이 시전할 수 있는 어시멀레이트 수법을 이용해 주변과 동화되도록 몸은 은신해야 한다.

아울러 제2의 시력이라 불리는 클레어보이언스 수법을 통해 놈들의 일거수일투족을 투시로 살펴야 할 차례다.

두 가지의 초능력을 동시에 시전하는 것이 쉽지 않았지만 다행히 차크라의 수련을 끊임없이 해 온 담용이라 큰 무리는 아니다.

'빌어먹을…….'

놈들에 비해 이렇듯 소소한 초능력 정도만을 시전할 수밖에 없어 전전긍긍하는 꼴인 자신의 처지가 한심했다.

자괴감이 일지 않을 수 없다.

초능력자들의 여유, 딱 한 마디로 표현하면 '부럽다'가 그 답이다.

하기야 마음만 먹으면 무소불위에 가까운 힘을 가진 자들이니 그럴 자격은 있다.

주야장천 차크라만 운용할 것이 아니라 초능력에 대해 좀 더 깊이 파고들 것을 하는 후회가 밀려왔다.

사실 너무나 광범위했다. 특히 응용 분야가 그랬다.

이건 머리가 좋아진 것과 별개여서 너무도 방대한 분야에 지레 학을 떼고는 그냥 안주한 면이 없지 않았다.

'이번 위기만 넘기면……'

지리산에 입산해서라도 기필코 매진해 경지에 올라 보리라는 결심이 섰다.

그렇게 하지 않으면 향후 언제 목숨을 잃어도 이상하지 않을 것 같은 예감이 들었다.

이는 상식이었다.

만약 지금 오고 있는 두 명의 초능력자를 처치한다고 했을 때, 저들이 속한 단체가 과연 손 놓고 있겠느냐고 생각하면 금세 답이 나오지 않는가?

아마도 그때부터 담용의 인생은 치열한 싸움으로 점철될 것이다.

즉, 목숨을 건 하루하루다.

그런데 초능력을 수련할 시간이 너무 없다.

두 명의 초능력자가 행방불명됐을 때, 초특급 비상 상태가 될 것임은 분명한 일.

남용을 찾아내는 것은 시간문제다.

'어떡하든 시간을 벌어야 해.'

그때 뇌리에 퍼뜩 떠오르는 인물들.

체프먼과 호건 그리고 마이클이다.

'맞아! 조금이라도 시간을 벌려면 체프먼과 그 일당들을 처치해야 돼! 놈들의 입을 막아야만 나란 존재가 더디게 밝혀질 거야.'

밝혀지지 않을 수도 있다.

'그리고 언젠가 밝혀지더라도 그때는 지금의 내가 아닐 것이다.'

시간을 번 만큼 그 어떤 초능력자도 넘보지 못하도록 실력을 쌓아 놓는다면 그 누구도 두려워할 필요가 없다.

그 상대가 미국이든 일본이든 중국이든.

'일단은 초능력의 달인을 목표로 한다.'

어느 책에서는 초능력도 단계가 있다고 기술하고 있었다.

첫 번째가 특화된 능력을 자유자재로 다룰 수 있는 경지인 달인, 즉 마스터다.

다음이 무한의 벽을 넘은 무한자, 즉 언리미터다.

마지막 단계가 절대자, 즉 앱설루트로 정의하고 있었다.

담용으로서야 까마득한 전설 같은 이야기일 뿐이나 어쩐 일인지 불가능하다고는 생각되지 않았다.

'어쨌든 나 역시 초능력자다.'

이건 지금 쫓아오고 있는 놈들은 꿈에도 알지 못하고 있는 상황일 터.

어떻게 생각하면 놈들의 치명적인 실수일 수도 있다.

잘만 이용하면 그야말로 유리한 입장.

'지금 쓸 수 있는 가장 적당한 수법이 뭘까?'

일단은 어설픈 공격 수법은 배제했다.

그렇다면 놈들이 우습게 보고 넘길 기상천외한 수법이 필요한 시점이다.

담용은 자신이 사용할 수 있는 초능력 수법을 하나씩 열거해 보았다.

사이킥 드릴, 이건 덩치의 백인보다 약해서 쓸모가 없다. 더구나 공격 수단이라 배제.

사이킥 멘틀, 이건 방어 수법이라 지금은 적당치 않아 역시 배제.

파이로키네시스, 발화 능력이다.

'헐! 산불을 낼 일이 있나?'

사이킥 패닉, 극심한 공포를 부여하는 수법이지만 역시나 배제다.

아이템즈 컨트롤, 물건을 이동시키는 능력이지만 전문 초능력자들을 상대하기는 역부족이다.

사이킥 캐넌, 염동포.

즉, 염력으로 대포를 발사하는 수법이나 이 역시 전문 초능력사에게는 통하지 않을 것 같아 배제다.

뭐, 경지가 높다면 쓸 수 있겠지만 어쨌든 지금은 무용지물.

이외에도 이티머시(친밀감), 얼러링 페이스(매혹적인 얼굴) 등이 있지만 지금의 상황과는 맞지 않다.

'휴우, 어렵…… 아!'

쓸 수 있는 게 생각났다.

'맞다, 애니멀 커맨딩!'

아차산에 맹수 따위가 있을 리도 없지만 필요치도 않다.

담용이 원하는 것은 사나운 꽹이 같은 동물이 아니라 겁이 많고 유순한 동물이었다.

'다람쥐.'

적당했다. 연습을 많이 해 본 대상도 다람쥐였다.

다람쥐를 떠올린 즉시 얼른 가부좌를 틀고 앉은 담용은 주변에 머물고 있을 설치류 등과 교감하기 위해 정신을 집중시켰다.

애니멀 커맨딩, 동물들과 정신 교감 혹은 영적 감응으로 교류를 하는 수법이다.

즉, 동물과 연결해 조종하는 능력인 것이다.

오히려 공격 수법보다 더 어려운 세밀한 조율이 필요한 부속 수법이다.

담용으로서는 이런 유의 수법이 오히려 상성이 맞아 가끔 시도해 보곤 했었다.

고로 오래지 않아서 다람쥐 한 마리가 주춤주춤 다가오더니 담용의 무릎에 올라섰다.

'녀석, 고맙다.'

내심의 말을 알아들었는지 손을 내밀자, 풀쩍 뛰어올라 서는 다람쥐다.

'나를 좀 도와주렴.'

간절한 기원을 담아 뜻을 전했다.

끄덕끄덕.

신기하게도 다람쥐가 머리를 주억거린다. 아니, 그런 것만
같다.

히죽.

성공적으로 영적 교감이 이루어진 것에 담용이 만족했는
지 입꼬리가 올라갔다.

그러나 여기서 흐트러지면 만사휴의다.

긴장을 유지한 채 원하는 의도를 온전히 받아들이도록 해
야 영적 교감이 완성되기에 담용은 재빨리 뜻을 전했다.

-나를 쫓아오는 나쁜 사람들이 있어. 내가 길에다 줄을
걸어 놨거든. 그러니 너는 거기서 기다렸다가 그들이 오면
시선을 끌어 주면 좋겠다. 할 수 있어?

끄덕끄덕.

담용의 간절한 말귀를 알아들었는지 다람쥐가 풀쩍 뛰어
내리더니 바위를 타고 내려가 폴짝폴짝 뛰어갔다.

'신기하군.'

가끔씩 해 보는 놀이지만 그때마다 느낌이 새로웠다.

더해서 이런 유의 초능력은 재미가 있다. 사람을 상하게
하거나 죽이는 일이 아니라서 더 그렇다.

'······!'

인기척이 보다 가까워진 것을 안 담용이 살짝 긴장했다.

두런두런.

이제 대화하는 소리가 들려올 정도로 거리가 가까워지고 있었다.

담용이 숨을 죽이고 차크라를 귀로 집중시켰다.

"여기 물이 있다."

"샘물이네. 마침 목이 말랐는데 목이나 좀 축일까?"

"델타 원, 기다려. 놈의 흔적이 너무 많아."

"에이, 그 자식도 여기서 목을 축이느라 멈췄을 테니 당연하잖아?"

"그 정도가 아냐. 여기서 오래 머물렀다고. 잠시 기다려 봐."

케이힐이 온달샘 위쪽의 바위로 가더니 거기서 잠시 왔다 갔다 했다.

담용이 비상용품을 파내고 덮은 자리였다.

이들의 동태를 쫑긋한 귀로 엿듣고 있던 담용은 이상한 호칭에 미간을 좁혔다.

'델타 원?'

결코 사람의 이름일 수 없는 호칭이다.

그 호칭만으로 이들이 어떤 단체에 속해 있음이 확실해졌다.

외국인이고 백인이니 미국 측일 것으로 짐작됐다.

미국에는 저런 능력자들이 얼마나 많기에 두 명씩이나 입국했단 말인가?

단순히 여행 목적으로 온 것 같지는 않았다.

'근데 저 자식…… 너무 진지하잖아?'

담용이 가장 최악이라 생각했던 우려대로 꼼꼼한 성격의 소유자인 것 같았다.

"뭐 좀 찾았어?"

"그게…… 좀 이상해."

"뭐가?"

"여기서 흔적이 희미해진 느낌이야. 황토 냄새만 진하게 나."

"황토가 많은 지역인가 보지 뭐."

"목을 축였으면 이제 출발하자고."

"흔적은 어때?"

"희미해지긴 했지만 못 찾을 정도는 아냐."

"헤이, 찰리 원, 나 호텔에서 가서 쉬고 싶다고."

밤에 산을 헤매다가 야숙을 하고 싶지 않다는 말이다.

"델타 원, 그거 알아?"

"뭘?"

"내가 너보다 더 깔끔한 걸 좋아한다는 거."

"아니까 하는 말이야. 그러니 빨리 끝내고 돌아가자고. 푹 쉬고 싶단 말이다."

"동감이야. 하지만 놈을 처리해 놓고 마음 편히 쉬는 게 더 좋잖아?"

"제길…… 괜히 일거리를 맡은 것 같아."

"네가 일을 키워서 그렇잖아?"

"난들 그 자식이 그렇게 재빠른 줄 알았겠어?"

"그러고 보니 그 녀석에 대한 정보가 너무 없었군."

"그러게. 그냥 심심풀이 삼아 온 건데…… 고생을 바가지로 하고 있으니, 제엔장."

"그만 투덜거리고 빨리 따라와."

"어디까지 갈 건데?"

"조금 더 가야 될 것 같다."

"조금 더? 얼마나?"

"놈이 조치를 했는지 사이코메트리에 피의 흔적이 나타나지 않아."

"그럼 어떡해?"

"저기 계곡이 보여?"

"어디?"

내내 케이힐의 뒤를 따르던 스캇이 앞으로 나서서 목을 쭉 내밀었다.

"엥? 저게 계곡이라고?"

"얕긴 하지만 계곡은 계곡이지. 저기로 이어진 것 같다."

"확실하지?"

"응, 녀석도 지쳤는지 어기적거리며 가고 있는 것 같아."

"그렇다면 속도를 조금 높이는 건 어때?"

"네 생각이 내 생각이다."

"오케이, 이번엔 내가 앞장설 테니 방향만 가르쳐 줘."

"좋을 대로 해. 계곡을 따라 올라가면 돼."

이들을 지켜보던 담용은 대검을 든 채 머릿속으로 열심히 시뮬레이션을 시도해 보고 있는 중이었다.

바로 공격 방법과 탈출로를 어디로 할 것인가 하는 시뮬레이션이었다.

몇 번이고 반복해서 시뮬레이션을 하는 동안 놈들이 피아노 줄의 위치에 거의 당도했다.

꾸욱.

담용은 손에 든 대검을 역수로 힘주어 움켜쥐었다.

"어? 다람쥐다!"

앞장서 오던 스캇이 계곡 한가운데에 오도카니 앉아 있는 다람쥐를 발견하고는 신기한 듯 소리쳤다.

초능력자라면 밤에도 사물을 보는 눈이 밝다는 것은 기본에 속했기에 금세 발견할 수 있었던 것이다.

"찰리 원, 저놈 귀여운데 가질 방법이 없겠어?"

"없어. 애니멀 커맨딩이란 수법이 있긴 한데, 난 그 분야에 특화된 게 없어."

"그래? 히히힛. 이 녀석, 맛난 거 줄 테니 거기 꼼짝 말고 있거라."

살금살금.

지친 마음에 소일거리가 생긴 스캇의 장난기가 발동됐다.

까치발까지 들고 다람쥐에게 접근하던 스캇이 어느 순간, 와락 덮쳤다.

후다닥.

턱!

"어, 어엇!"

피아노 줄에 발목이 걸린 스캇이 그대로 바닥에 고꾸라지려는 찰나, 담용의 신형이 마치 독수리가 먹이를 낚아채듯 내리꽂혔다.

"앗! 델타 원! 조심⋯⋯."

케이힐이 급히 경고를 해 댔지만 대검은 정확하게 스캇의 경동맥을 찍어 버렸다.

"끄윽!"

느닷없는 급습에 놀랄 새도 없이 새된 신음을 흘린 스캇의 눈이 툭 불거져 나왔다.

그때 수박만 한 돌덩이가 허공으로 불쑥 떠올랐다.

이를 본 담용이 혀를 내둘렀다.

'헉! 무지 크네.'

자신은 겨우 손바닥만 한 돌을 움직이는 수준인데 반해 상대는 열 배나 더 큰 수박을 염력으로 들어 올리는 수준이었다.

뭐, 그만큼 노화가 진행되겠지만 담용 자신과는 격차가 커도 너무 컸다.

수준과 경지에 대해서는 반면교사다.

스캇은 몇 번 쿨럭거리며 피를 게워 내더니 이내 늘어져 즉사했다.

경동맥에 칼을 찔렸다면 대라신선이 와서 치료해도 살지 못한다.

어찌 됐던 케이힐이 텔레키니시스 수법 중 하나인 아이템즈 컨트롤을 시전했다는 것을 안 담용은 대검을 뽑자마자, 시뮬레이션을 통해 연습했던 대로 탈출로로 몸을 날렸다.

쉬이익-!

파공음, 허공을 갈라 오는 돌덩이의 흉험한 속도가 금방이라도 담용의 머리통을 박살 낼 것만 같았다.

쾅-! 꽈지지직!

돌덩이에 꽤 굵직한 나무가 단박에 부러지면서 '우드득' 소리를 내며 쓰러졌다.

수목이 대신 방패막이가 된 것이다.

탈출로가 비교적 수목이 많이 우거진 방향이라 직격탄을 맞지 않고 피할 수 있었던 담용의 귀로 괴성이 들려왔다.

"크아아아-!"

미꾸라지처럼 피해 간 담용을 본 케이힐이 괴성을 지른 것이다.

찰나, 케이힐의 모습이 변했다.

머리카락은 올올이 곤두섰고 눈동자는 간데없이 오롯이 흰자위만 남았다.

흰자위에서 발산된 시퍼런 빛이 대공 서치라이트를 방불케 할 정도로 줄기줄기 뿜어져 나왔다.

트드드드드…….

마치 지진이 일어난 듯 주변이 흔들린다 싶더니 돌이란 돌은 죄다 허공으로 치솟았다.

"크아아아―!"

또 한 번의 괴성이 터져 나오자, 무수한 돌덩이들이 일제히 담용이 도주한 방향을 향해 덮쳐 갔다.

후우우우웅―!

쿵! 쾅! 콰쾅! 콰직! 우드득.

온갖 소음이 터져 나오면서 마구잡이로 날아가는 돌덩이들의 위력은 정말이지 무시무시했다.

퍽! 퍼퍽! 쿵! 쿠쿵!

'으헉!'

너럭바위 아래 몸을 숨긴 담용의 주변으로 낙하하는 돌덩이의 위력은 실로 어마어마했다.

마치 포탄을 맞은 것 같은 현장의 모습에 심장이 쫄깃해지고 말린 대추처럼 바짝 졸아 든 기분이었다.

아차산 너럭바위 인근은 돌덩이들이 휩쓸고 간 탓에 졸지에 황량해져 버렸다.

'오냐, 한번 해보자 이거지?'

피할 수 없다면 부딪쳐서 해결하는 것이 상책.

담용은 도주해 온 길을 되짚어서 다시 돌아갔다.

필시 죽은 동료를 챙기고 있을 것임이 분명하다면 기회는 지금뿐이라는 생각에서였다.

만약 케이힐이 감정을 추스르지 못하고 분노한 채 광분하게 되면 애먼 사람들이 다칠 수도 있다.

그 전에 결정을 봐야 했다.

이쯤 되면 누가 누구에게 죽든지 양단간의 결말은 선택이 아니라 필수가 됐다.

그리고 또 하나 퍼뜩 떠오른 생각.

'아! 이런 멍청이, 텔레키니시스 수법은 원거리 공격 수단이잖아!'

접근전이 답인 것을.

게다가 접근전에 특화된 초능력자가 쓰러진 지금은 절호의 기회가 아닌가?

여태껏 거기에 생각이 미치지 못했음을 자책한 담용은 마치 둔기로 머리를 세차게 얻어맞은 듯 정신이 번쩍 들었다.

자연 마음은 다급해지고 발놀림이 빨라질 수밖에.

이윽고 예의 바위 위에 바짝 엎드린 담용의 눈에 그때까지도 쓰러진 동료를 붙잡고 꺽꺽거리고 있는 케이힐이 들어왔다.

"스캇-!"

죽은 동료를 품에 안은 케이힐이 울부짖듯 울분을 토해 냈다.

저런 걸 보면 군사훈련 같은 것을 체계적으로 받아 본 적이 없는 신출내기임을 알 수 있다.

이는 초능력만 지니고 있었지 작전 수행 능력이나 여타 다른 임기응변 등은 그에 미치지 못한다는 말과 다름없다.

이런 때일수록 냉정을 찾아 죽은 동료를 챙기기보다 임무 수행을 진행해야 함이 원칙이다.

그런 기본조차 숙지하지 못한 애송이라니.

상대가 도주하기보다 역습을, 혹은 다른 수단을 강구할 수 있다는 것 따위는 전혀 염두에 두지 않은 행동이다.

'멘털이 유리그릇이라니…….'

뭔가 잘못된 듯, 아니 잘못 알려진 듯한 초능력자의 행태다.

'멘탈만큼은 내가 한 수 위로군.'

하기야 아무리 초능력자라도 사선을 넘나든 특전사 출신의 정신무장, 즉 정신력을 당하기는 쉽지 않을 테지만.

물론 동료의 죽음을 애달파하는 것이야 인지상정이지만 무엇이 더 우선인지를 먼저 생각하고 행동해야 옳다.

아무튼 이런 절호의 기회를 놓칠 담용이 아니었다.

세계에서 둘째가라면 서러워할 대한민국 특전사 출신의 육담용.

저렇게 넋을 놓고 있을 때를 놓칠세라 일어서자마자 '이야 압!' 하는 기합성과 함께 힘차게 박차고 올랐다.

이어 곧장 내리꽂히듯 전광석화같이 케이힐을 덮쳐 갔다.

자신 역시 상처를 입을 각오를 하지 않는 이상 이런 식의 단순 무식한 공격은 결코 쉽지 않다.

이른바 살을 주고 뼈를 취하는, 이대도강의 수법이라 하겠 다.

"악!"

담용의 기합 소리에 놀라 짧은 비명을 지른 케이힐이 얼른 스캇을 내동댕이치며 피하려 했지만 담용의 급습이 너무 빨 랐다.

사이코메트리와 텔레키니시스에 특화된 케이힐으로서는 이런 때를 대비한 그 어떤 수법이나 수단을 지니고 있지 않 아 속수무책이었다.

삽시간에 덮친 담용의 대검이 케이힐의 경동맥에 박히려 는 찰나, 본능적으로 몸을 비트는 그다.

그런데 경동맥은 피했지만 대신 가슴팍을 내준 꼴이라 '푸 욱' 하고 박혀 드는 이질감에 '커헉' 하는 신음을 뱉어 내고 말았다.

목표로 한 경동맥을 찌르지는 못했지만 가슴팍에 대검 자루만 남길 정도로 깊숙이 박혀 들었다.

"후어어억, 쿨럭! 쿠울럭!"

답답한 호흡에 이어 밭은기침을 하는 것으로 보아 폐가 상한 듯 대번에 헉헉거리는 케이힐이다.

단 한 수에 치명상을 입을 것으로 보였다.

담용의 자세는 다소 묘해서 케이힐의 배 위에 앉아 짓누른 채 대검을 박고 있는 모습이다.

빠르게 눈동자의 초점이 불안해져 가는 케이힐을 본 담용이 입을 열었다.

"그러게 왜 맛있는 음식이라고 배부른 줄 모르고 계속 먹어 대고 지랄이야? 그러니 탈이 나는 거야."

적당히 하다가 그만둘 것이지 왜 끝까지 추적하다가 봉변을 당하느냐는 뜻.

"퍼……큐! 후헉. 후우헉."

"미친놈이 뭔 소리야?"

"후어억! 후어어억!"

"누구냐, 네놈들을 사주한 자가?"

"퍼……큐. 허으…… 허으으…….'

이제는 말이 새는 지경까지 왔지만 눈을 부릅뜬 채 고집을 피우는 케이힐이다.

담용은 케이힐의 얼굴에 꺼먼 그림자가 드리우는 것을 보고 심문하기를 포기했다.

이미 저승의 문턱에 한발 들이민 상태라 그만 보내 주는 것이 그나마 자비를 베푸는 일이라 여겨 대검을 들었다.

"저승에 가면 힘을 가졌다고 해서 깝죽대지 말고 죄도 짓지 말거라."

서걱.

케이힐의 목을 자른 담용도 긴장이 풀렸는지 그대로 벌러덩 드러누웠다.

그러나 시급히 뒤처리를 해야만 했기에 휴대폰을 꺼내 버튼을 눌렀다.

정광수 팀장의 번호였다.

ㅡ담당관님, 정광숩니다. 이번에도 잘 끝났다면서요?

"예, 덕분에요."

ㅡ오랜만에 푹 쉬었습니다, 하하핫.

경매일까지 휴식을 취해도 좋다고 했기에 하는 말이다.

"팀장님, 지금 문자를 보낼 테니 보시고 조속히 처리해 주기 바랍니다.

ㅡ아, 그럼요. 얼른 보내십시오.

탁.

통하른 했다간 언제 어디서 도청이나 감청을 당할지 몰라 문자로 대신 사정을 전하는 것은 불문율이 된 지 오래다.

정광수도 이를 알기에 얼른 전화를 끊은 것이다.

대한민국은 CIA라는 괴물이 버티고 있는 한 한계가 있을 수밖에 없다.

　초강대국이 되지 않는 한 미국의 그늘은 영원히 벗어나지 못할 듯했다.

　주검 자체는 그 어떤 것이든 무겁다.

　무거운 만큼 뒤처리 역시 복잡하다. 케이힐의 주검도 마찬가지다.

　다행히 담용이 국정원에서 뒤처리를 해 줄 수 있는 신분이기에 직접 처리하지 않아도 됐다.

　살인의 명분도 떳떳하니 불안해할 일도 없다.

　그러나 대외적 명분이야 떳떳하다지만 개인의 감정까지 그런 건 아니었다.

　아차산 온달샘에 시신 두 구를 치워야 함. 시신은 미국에서 보낸 킬러로 판단되니 참고해서 처리할 것. 온달샘 주변이 난장판이 된 상태임. 원상 복구할 팀을 신속히 지원해 흔적을 없앨 것. 지금 부상 중. 의료팀 급파 요망. 파이낸싱스타의 체프먼 지사장과 그 임원들의 동향을 면밀히 살펴서 보고할 것. 특히 주거지와 내일 일정에 집중할 것.

　담용이 정광수 팀장에게 문자로 보낸 내용이었다.

　'지독하게 아프군.'

　긴장했을 때는 잘 모르겠더니 지금은 긴장이 풀린 탓에 상처 부위의 고통이 더 심해진 듯한 기분이었다.

차크라의 기운으로 인한 치유도 처음과는 달리 더뎌지고 있는 느낌이었다.

'아참, 동건이에게 전화를 해 줘야겠군!'

지금쯤 잠도 못 자고 기다리고 있을 것이다.

휴대폰을 들던 담용은 결심을 했다.

'이제는 누가 뭐라고 해도 지리산으로 간다.'

그동안 이런저런 이유로 본격적인 수련을 미뤘던 것이 너무도 뼈아팠다.

작금에 와서 비싼 수업료를 치르고 나서야 자신이 얼마나 부족했는지를 절실하게 깨달은 담용이다.

이제 초능력의 경지를 한층 강화시켜 놓을 필요가 있었다.

BINDER
BOOK

또 다른 임무

익일 오전 12시 20분, 국정원 밀실.

애초 도청이나 감청이 원천적으로 차단된 몇 안 되는 밀실이다.

그에 걸맞게 모인 면면 역시 달랑 각 분야의 차장 세 명뿐이었다.

더하여 퇴근했다가 자정이 넘은 시각에 다시 부랴부랴 출근한 것은 긴급한 현안이 발생했다는 의미이기도 했다.

침묵이 내려앉은 밀실의 분위기, 이번 회의가 그리 간단치 않은 주제를 안고 있다는 것을 증명하듯 누구도 먼저 입을 떼지 않고 있었다.

침묵의 무게가 부담이 되었던지 성격이 급한 조택상이 입을 실룩거리더니 기어코 한마디 했다.

"김 차장님……."

"아, 그래요. 급하게 모이게 했으니 의견을 나누고 결과를 도출해 봐야겠지요. 그 전에……."

김덕모가 최형만과 시선을 맞추며 말했다.

"제로벡터는 좀 어떻소?"

"어깨와 옆구리의 상처가 무언가에 뜯겨 나간 듯 무척 심한 상태였습니다만, 지금은 거의 회복됐다는 보고입니다."

"얘기를 들은 게 있소?"

"어떤……?"

"아, 초능력자들의 능력에 대해 말이오."

"이미 보고를 받으셨겠지만 직접 물어보니 자신은 상대가 되지 않았다고 합니다. 뜯겨 나간 상처도 사이킥 드릴이라는 수법인데, 사람의 손이 드릴처럼 변하는 것이랍니다."

"허어, 어찌 그럴 수가 있소?"

"그래서 능력자를 초인간이라고 부르겠지요. 다행히 제로의 특화된 능력 중 하나가 리질리언스resilience(회복력)인 덕분에 치명상을 면했다고 하더군요."

"그나마 다행이군요. 근데 상대가 안 됐다면 그 차이가 어느 정도라고 하오?"

"제로의 표현을 빌리면 초등학생과 고등학생 이상으로 차이가 났다고 합니다."

"하면 위기를 벗어난 것도 모자라 그자들을 처치한 것은 어찌 된 일이오?"

"하핫, 특전사 시절 동료의 도움이 있었다고 하더군요. 뭐, 자세히 말하지는 않았지만 그 덕분에 대검이라는 무기를 손에 쥘 수 있었던 데다 또 그들에게도 약점이 있어 위기를 벗어날 수 있었다고 합니다."

"초능력자들에게 약점이 있다고요?"

"예, 어떻게 보면 지극히 정상적인 부분입니다. 초능력자들이 인간으로서 초월적 능력을 지니다 보니 심정적으로 오만해져 제로를 일반인으로 취급하는 우를 범한 결과지요. 아시다시피 제로는 특전사 출신의 살인 기계라고도 할 수 있지 않습니까?"

"허헛, 과연……. 본인 역시 제로벡터로 인해 초능력자에 대해 조금 알아봤는데, 그들은 곁에 도우미 같은 어시스턴트가 없으면 본래의 위력이 반감될 수도 있다고 기술되어 있었소. 방금 최 차장님의 말을 들어 보니 그 때문인 것 같은 생각이 드오."

"하하핫, 그래서 더 제로가 귀중한 인재라는 것입니다. 제로는 어시스턴트가 필요치 않을 만큼 강이하니까요."

"나 역시 동감이오. 어쨌거나 회복이 되어 간다니 다행이오. 그건 그렇고……."

잠시 입을 다문 김덕모가 고개를 저으며 말을 이었다.

"제로벡터가 최소 1년 동안의 휴가를 신청한 것에 대해서 어떻게 조치를 해야 할지……. 나로서는 별로 뾰족한 수가 없어요. 나도 일면 동감하는 바가 있기도 하지만 무엇보다 제로벡터를 제어할 수 있는 장치가 없다는 거요. 그는 OP란 말이오. 두 분은 거기에 대해 고견이 있으면 들려주시기 바라오."

"제가 먼저 말씀을 드리지요."

최형만이 나섰다.

"제로벡터의 심경은 충분히 이해가 갑니다. 전문적으로 고도의 집중 지도와 훈련을 받은 초능력자의 위력을 실제로 체감하다 보니 자신이 얼마나 우물 안 개구리였는지 절실히 느꼈다고 하니 말입니다. 그런데 문제는 국내의 사정이 안팎으로 복잡해지다 보니 휴가를 선뜻 허락하기가 어렵다는 것이지요. 저 역시 휴가는 반대고요."

일이 급박해서 휴가를 허락할 수 없다는 얘기.

"그렇다고 마냥 붙잡아 둘 수는 없지 않소?"

"알고 있습니다. 다만 그걸 논하기 전에 국내로 초능력자가 두 명씩이나 들어왔다는 정보를 입수하지 못한 정보력부터 점검해야 합니다. 더구나 혈맹이라고 하는 미국이 개입된 문제라, 향후 제로가 벌인 일로 인해 엄청난 일이 벌어질 수 있음을 유념해야 할 것입니다.

"미국 측이 이 사실을 안다면 그야말로 골치 아픈 일이 되겠지요. 그들이 무슨 의도로 국가의 초특급 전력이라고 할 수 있는 초능력자를 잠입시켰는지 모르겠지만, 우리로서는 이걸 공론화하기는 어렵소이다. 설사 공론화시켜 따지고 든다 하더라도 핑퐁 게임을 하는 사이 언제 어디서 그들의 사주에 의해 문제가 발생할지 모릅니다."

김덕모의 말을 달리 표현하면 이렇다.

계속 따지고 들면 미국도 그에 상응하는 조치를 할 거라는 식이다.

수퍼301조를 휘두르든, 보호무역 장벽을 구축하든, 미군의 철수를 들먹이는 등의 보복 조치는 많고도 많다.

한마디로 말하면 이치를 따지다가 손해가 막심해질 수가 있다는 뜻이다.

고로 묻었으면 묻었지 들춰서 따지고 들기 어렵다 것이다.

"저기……."

"최 차장님, 고견이 있소?"

"김 차장님, 아무리 생각해 봐도 이 문제는 덮어 버리고 모른 척해야 할 것 같습니다. 증거라고는 제로벡터의 말과 온달샘 근처가 초토화된 것이 전부라 미비한 점이 많은 것도 그렇지만 미국 측에서 발뺌을 해 버리면 정보만 누설한 꼴이 될 뿐입니다."

공론화시키는 것도 우습고 또 따지고 들 만한 자료도 부족한 점이 많아 득보다 실이 많다는 뜻.

"그래서……."

"……?"

"아예 없는 일로 치부해 버리는 것이 최선인 것 같습니다."

"없는 일로 한다고요?"

"예, 묻어 버리지요. 차라리 이런 고민을 하는 시간에 당면한 문제에 신경 쓰는 것이 더 효율적입니다."

"아, 아, 잠깐만요. 지금 논의의 핵심은 애초부터 타깃으로 제로벡터를 겨냥하고 왔느냐 아니냐 하는 문제란 말이외다."

"물론 미국 측에 제로벡터가 노출됐느냐 아니냐는 결코 작은 문제가 아닙니다. 우연히 마주쳤을 리가 없다면 말입니다. 이건 짚고 넘어갈 필요가 있습니다."

"그렇지 않아도 제로벡터 역시 그 문제를 심각하게 생각해 보라고 했다더군요."

"어차피 그 문제는 지금 판단하기가 어렵습니다. 만약 노출이 돼서 타깃을 정하고 온 것이라면 그들이 행방불명이 된 이상 제3의 초능력자를 보내리라 봅니다. 국가의 초특급 전력이 실종 혹은 행방불명된 것을 좌시하고 있지는 않을 테니 말입니다."

"흠, 확실히 그렇소. 조 차장님의 말은 그때 확실하게 알 수 있을 거라는 뜻이군요."

"그렇지요. 당장 결론을 내리기 어렵다면 조금 미뤄 두고 모른 척 관망해 보는 자체로도 미국 측을 오히려 혼란하게 만들 수 있지요."

"흠, 마치 무슨 일이 있었냐는 듯 우리가 별다른 반응을 보이지 않는다면 그럴 수도 있겠군요."

"김 차장님, 조 차장의 말대로 그런 식의 대응도 괜찮을 것 같습니다. 미국 측에서 슬쩍 말을 비쳐 올 수도 있겠지만 우리가 제로를 꽁꽁 숨겨 놓듯 그들도 대놓고 묻지는 못할 겁니다."

"하긴 비밀 전력일 테니……. 최 차장님도 동의하오?"

"예."

"좋소, 그 안건은 그러도록 합시다. 다음은 선양 지점장 건인데…… 조 차장님, 다급하게 됐다고요?"

"불행히도…… 그런 상황까지 도래하고 말았습니다. 그래서 제로벡터의 파견을 더 이상 미룰 수가 없는 지경에 이르렀습니다."

"알고 있소. 그런데 제로벡터가 이번 일로 충격을 받았는지 1년 정도 휴가를 달라고 하니…… 거참."

"그건 안 됩니다. 선양으로 보내서 일을 해결하는 것이 우선입니다. 이건 자칫하다간 국가에 심각한 타격이 올 수 있는 문제란 말입니다."

"그걸 모를 리가 있소? 그렇지만 당사자가……."

기실 김덕모가 해외 담당이다 보니 속내는 당장이라도 담용을 보내고 싶은 마음이었다.

하지만 OP라는 신분은 국가적 차원의 임무라도 마음이 내키지 않으면 고사할 수 있다는 것이 걸림돌이 되고 있었다.

성격은 급하지만 속에는 여유를 열 마리 정도 키우고 있는 조택상이 최형만에게 말했다.

"최 차장, 아마 김 차장님의 속이 속이 아닐 것이네. 그건 자네도 잘 알 걸세. 그러니 자네가 제로벡터와 좀 더 가까운 사이니 설득을 해 보는 건 어떤가? 아니, 꼭 설득을 해야 하네. 부탁하이."

"크흠, 국가의 일이 누구 한 사람의 일이겠나? 내가 나서 보도록 하지. 하지만 장담은 못 하겠네. 그가 OP임을 잊지 말게."

"알아. 하지만 제로벡터가 나섬으로써 좋은 점도 있다네."

"응? 뭔 말인가?"

"만약 미국 측이 제로벡터의 정체를 알고 고의로 초능력자들을 파견했다고 가정해 보세."

"흠, 그래서?"

"지금 두 명의 킬러가 사라졌네. 미국 측으로서는 엄청난 손해일 걸세. 물론 우린 모르는 일로 하기로 했지만, 미국 측에서 협조를 구해 올 것임이 틀림없네."

"그렇겠지."

"만약 제로벡터가 타깃이었다면 그들은 심중으로 두 사람의 행방불명이 그의 소행이라고 확신하고 있을 걸세."

"으음."

조택상의 말에 최형만의 침음이 깊어졌다.

"그걸 미연에 타파하기 위해 알리바이를 만드는 거지."

"어떻……. 아! 출국시킴으로써 국내에 없었다?"

"빙고! 어떤가?"

"하지만 특작국, 아니 해외공작국 정보협력과에서 훈련도 받지 않고 그냥 내보낸다는 것은 좀……."

"그건 염려 말게, 정보협력과의 요원을 동행시키면 되니까."

"호오, 현지에서 임무를 수행해 가면서 교육을 시키겠다는 말이로군."

"어때? 이만하면 설득할 수 있지 않겠나?"

"좋은 생각이네. 지금이 새벽 1시를 조금 넘겼으니 아침 첫 비행기에 태워서 보내면 되겠군."

"모든 준비는 다 해 놓을 테니 설득부터 하시게."

"그래야겠군. 김 차장님, 시간이 촉박하니 지금 곧바로 가 봐야겠습니다. 먼저 일어나겠습니다."

"아, 그래요. 제로벡터도 이번에 혼쭐이 나서 나름의 사정이 있을 테니 너무 몰아붙이지는 마시오."

"알고 있습니다. 몰아붙인다고 해서 시키는 대로 할 사람도 아니지요."

"허허헛, 그렇긴 하오. 아무튼 좋은 결과가 있길 바라오."

"예, 그럼……."

새벽 02시경, 양재동의 국정원 안가.

담용이 입원 치료 중인 병실, 아니 실내에는 최형만이 와 있었다.

무슨 말을 들은 끝인지 담용의 미간이 전에 없이 찌푸려져 있었다.

'뜬금없이 첫새벽부터 찾아와 하얼빈으로 가라니.'

체프먼을 없애기로 잔뜩 벼르고 있는 담용으로서는 어처구니없는 소리다. 아니, 상부의 지시다.

이미 정광수 팀장과 팀원에 의해 체프먼이 지리산으로 향했다는 것을 알고 있어 몸을 추스르는 대로 출발할 생각이었던 담용이니만큼 하얼빈행은 뜬금없는 말이었다.

하얼빈, 대한민국 사람이라면 다 알듯 도마 안중근 선생이 이토 히로부미를 총격한 하얼빈역이 있는 곳이다.

"하얼빈으로 가야 한단 말이지요?"

"최종 목적지는 선양이지만 하얼빈을 돌아서 가는 것이

네."

"……?"

의문의 표정은 자아냈지만 필시 피치 못할 일이 있을 거라 여긴 담용이 출발 일자를 물었다.

"언젭니까?"

"오늘 첫 비행기로 가 주면 좋겠네."

'헐.'

뜬금없어도 너무 갑작스럽다.

뭐, 제로벡터라는 닉네임을 부여받았으니 당연한 일인지는 모르겠지만, 아직은 첩보계의 그 어떤 경험도 없는 담용이라 당황스러웠다.

그렇지만 어쩌랴, 까라면 깔 수밖에.

어차피 임무의 내용이야 알게 되겠지만 마음에 걸리는 일이 있었다.

"급한 일이 아니면 하루 정도 시간을 주셨으면 합니다. 너무 갑작스럽게 말씀하시니 어리둥절합니다."

"나도 아네, 너무 뜬금없다는 것도. 하지만 워낙 급박한 일이라 자네가 움직여 줬으면 하니 어쩌겠나?"

"대체 무슨 일입니까?"

"자세한 얘기는 같이 동행하는 해외공작국 정보협력과 요원에게 들으면 되네. 그 전에 궁금할 테니 대략적인 내용을 말해 주겠네. 먼저 우리가 자네를 급파하게 된 이유가 국익이 크게 손상되는 것을 막기 위해서임을 알아 두게."

국익이란 말을 유독 힘주어 말하는 최형만이다.

그 한마디에 얼마나 많은 요원들이 유명을 달리했을까?

식상했지만 국정원 로비의 새겨진 검은 별들을 생각하면 그들의 숭고한 희생을 호도하는 것 같아 딴죽을 걸 수가 없다.

차장이나 국장급이야 언제나 부하 요원들이 죽을 자리를 골라 주는 자들이니까.

군 장교들 역시 마찬가지다.

이래서 직위는 높고 봐야 하나 보다.

담용도 죽을 자리를 찾아가는 졸병과 다를 바가 없는 신세였다.

"어찌 된 일인고 하니⋯⋯."

목이 타는지 물컵에 물을 한 잔 따라 마신 최형만이 말을 이어 갔다.

"일의 발단은 김철훈이라는 북한 기관원이네."

"북한 기관원요?"

되묻긴 했지만 이거 또한 난데없는 얘기다.

북한이라니!

그렇다면 적어도 이번 임무가 북한 공작원들과 얽혀 있는 일이란 뜻이다.

"그러네. 꽤나 우릴 괴롭혔던 공작원이기도 하지."

"……?"

"애초 인연이 어떻게 됐는고 하니…… 북한은 김일성이 죽고 난 후 자금 사정이 극도로 나빠졌다네. 김정일이 집권 한 후 공작원들에게 일인당 1만 달러씩을 지급했었던 공작비가 3천 달러로 대폭 줄어드는 바람에 돈이 절실하게 필요하게 됐네. 그렇다고 다른 일을 할 수 없었던 공작원들은 가장 쉽게 돈을 벌 수 있는 길을 택했는데, 그것이 바로 골동품 밀거래였네."

"북한에서 몰래 들여온 골동품이겠군요."

언젠가 듣고 본 기억이 있어서 묻는 말이다.

"그러네."

"그런 골동품들은 진품입니까?"

"진품이든 가품이든 상관이 없네. 우린 그걸 사 줌으로써 그 작자와 정보 거래를 할 수 있었으니까."

"아, 아……."

골동품의 진의보다는 북한의 정보를 취득하는 것이 우선이었다는 얘기.

"그렇게 후한 값에 사 주다 보니 꼬리가 길어졌네. 당연히 북한 당국이 모를 리가 없지. 그 때문에 적지 않은 공작원들이 숙청을 당하기도 했네. 다행히 김철훈은 끝까지 살아남아서 우리에게 포섭이 됐네."

"양다리를 걸친 겁니까?"

양다리는 이중간첩이다.

"그런 셈이지. 김철훈은 북한에서 밀반출해 온 골동품을 외상으로 깔아 놓은 게 제법 됐네. 우리가 그걸 이용해 외상 값을 받게 해 줄 테니 잠시 서울에 들어가자고 제의를 했네. 흔쾌히 승락한 김철훈이 마침내 비밀 루트를 통해 서울로 오게 됐다네."

"비밀 루트라면……."

"뭐, 자네도 그 정도는 알아야겠지. 북한 여권을 가진 김철훈이 중국 공항을 통해 한국행 비행기를 탄다면 중국의 출입국 관리소에서 수상히 여길 것은 빤한 일이고, 또 출국장에 들어가기도 쉽지 않네. 그래서 편법을 썼네. 즉, 출입 관리국 등을 거치지 않고 전용 루트를 통해 출국장에 들어갈 수 있는 항공사 직원인 양 가장해 입국했네."

"아, 그런 방법이……."

"문제는 입국할 때도 비밀 루트를 통해 들어오는 바람에 여권에 중국 공항을 빠져나온 사실이나 한국에 입국한 사실이 기재될 수 없다는 걸세."

"그야……."

"사실 김철훈을 서울로 데리고 온 저의는 그를 통해 정보를 캐내려는 것이었네. 근데 외상값도 받고 서울 구경도 하게 됐다고 들떠 있던 김철훈이 외상값을 주기는커녕 이어진 우리 요원의 심문에 화가 나서 탈출을 감행했네. 그간의 사정이야 일일이 거론하면 길어지니 간단히 말하면 돈도 한 푼 없었던 김철훈이 탈출해서 택시를 타고 내린 곳이 J일보였네."

"김철훈에게서 어떤 정보를 얻으려고 했던 겁니까?"

"북풍에 관한 것이었네."

"예? 북풍이라면?"

"뭐, 더러는 총풍이라고 부르기도 하지. 뭔 뜻인지 특전사 출신이니 자네도 어느 정도 알 걸세."

"북한더러 휴전선에 긴장을 고조시켜 달라며 협조를 구하는⋯⋯?"

"맞네. 야당에 정치적 타격을 입힐 목적으로 김철훈의 증언이 필요했다네."

"쩝, 너무 고루한 방식이군요. 전가의 보도처럼 말입니다. 그리고 그런 소릴 들으니 정치인들의 행태에 토악질이 나오려고 합니다."

정말이지 구역질이 난다.

여당이 선거에 불리하다 싶으면 반드시 일어난다 해도 좋을 총풍 사건은 구태의연한 작태다. 이제 국민들도 식상해하고 있음을 정치인들만 모르고 있는 것 같다.

이러니 나라가 외환 위기로 거지가 되어 IMF에 구걸하게 되고. 또 그걸 얼씨구나 하며 이용해 먹는 지금의 여당 또한 그 나물에 그 밥이다.

총풍 사건이 일어날 때마다 전방의 군인들은 끝날 때까지 잠을 자면서도 군화를 벗지 못한다.

특전사들 역시 비상사태에 직면해 언제든 출동 대기 상태로 긴장해 있게 된다.

모두 정치인들의 쇼에 놀아나는 것이다.

호랑말코 같은 놈들.

결코 입에서 좋은 말이 나올 수 없는 작자들이니 담용도 삐딱해진 것이다.

"으음, 그 얘긴 그만하세."

자신의 말에 약간 불편한 기색을 띠는 최형만을 본 담용이 고개를 끄덕였다.

하기야 현 정부에서 임명을 받고 또 녹을 받아먹고 있으니 듣기에 민망했을 것이다.

담용 역시 기억의 저편에서는 말 못 하고 살던 소시민이었던 터라 분기가 치밀어도 입도 벙끗 못 했었다.

그러나 지금은 제로벡터에 OP 신분이라 당돌하게 속에 있는 말을 내뱉는 것이다.

속 시원히 말하고 보니 울화는 조금 풀렸지만 꼭 밑도 안 닦고 화장실을 나온 기분인 건 어쩔 수 없다.

"아무튼 외상값은커녕 고문을 받다시피 하니 김철훈은 당장의 고통을 벗어나기 위해 거짓말을 수도 없이 해 댔다네."

조사해 보니 모두 뻥이었다는 얘기······.

"결국 우리 요원들은 김철훈을 잘못 택해서 데려왔다는 결론을 내릴 수밖에 없었다네."

"이래 죽으나 저래 죽으나 매한가지라 여긴 김철훈이 빈틈을 노려 탈출했다는 거군요."

"그런 셈이지."

"근데 그 많은 신문사를 놔두고 하필이면 왜 J일보로 갔을까요?"

"그게 좀 어처구니가 없는 이유였다네. 알고 보니 북한에서 가장 큰 방송이 조선중앙방송이고 중국에서는 중앙전시대, 즉 우리가 자주 듣는 CC-TV라 택시 기사에게 중앙 방송으로 가자고 했는데 잘못 듣고 J일보에다 내려 준 거라네."

"하핫, 기자들이 횡재한 셈이로군요."

"특종에 목마른 그들이니 오죽했겠는가?"

특종을 건질 수 있게 됐으니 당연한 반응일 것이다.

"다행히 보도가 되기 전에 우리에게 연락을 해 왔더군."

"이!"

최형만은 현 정권이 레임덕 현상을 겪는 때라면 모르지만 막 출범한 때라 신문사들이 눈치를 볼 수밖에 없었다는 말은 하지 않았다.

날리 말하면 레임덕 현상이 일어나는 시기라면 눈치코치 볼 필요 없이 기사를 써 댔을 것이란 얘기다.

"우여곡절 끝에 보도는 엠바고가 됐고, 김철훈은 귀순을 하지 않겠다고 해서 비밀 루트를 이용해 중국으로 보낼 수밖에 없었네. 문제는 김철훈이 중국 국가안전부로 가서 모든 걸 다 까발렸다는 거지. 중국이 노발대발한 것은 당연지사고."

"당연한 것 아닙니까?"

정상적인 출입국 절차를 밟지 않은 데다 불법 납치에 고문까지 했으니 입에 열 개라도 할 말이 없다.

중국으로서는 출입국 절차를 무시한 데 대해 주권이 침탈된 사건으로 본 것이니 그냥 넘어갈 리 만무했다.

즉, 주권 침해다.

주권을 침해당하고도 가만히 있을 나라가 과연 있을까?

'제길, 군사정권이 끝나도 대한민국은 변한 것이 별로 없구나.'

진실을 알고 있다는 사실만으로도 고통이 되는 지독한 시대가 계속 이어지고 있는 것이 슬펐다.

언제쯤이나 진실을 알고 있다는 것만으로도 생명의 위협을 느끼고, 쫓겨 다녀야 하는 이 끔찍한 세상이 끝날까.

"억하심정이 된 중국이 그다음 날 K항공 선양 지점장을 전격 체포해 구금해 버렸다네."

"예? 그 사람이 무슨 상관이 있다고요?"

K항공 선양 지점장의 체포라니! 그야말로 난데없는 얘기다.

씁쓸한 웃음을 지은 최형만이 말했다.

"사실 송수명 지점장은 우리 블랙요원일세."

"……!"

맥이 빠진 듯한 최형만의 말에 담용은 속으로 무척 놀랐다.

'그, 그게 말이 돼?'

더 들어 보지 않아도 지점장 신분이면 동북 3성에 나가 있는 블랙요원들을 총괄하는 직책일 것이 빤하다.

선양, 즉 심양이다.

심양은 동북 3성 그러니까 길림성, 흑룡강성, 랴오닝 성 중에서 지방 최대의 도시로 정치, 경제, 문화, 교통의 중심지다.

바로 선양 지점장이라면 중요 지역 총사령관인 셈이다.

총사령관이 체포됐다면 중국 측이 대한민국의 블랙요원들을 전부 꿰고 있다고 해도 지나친 말은 아닐 것이다.

그렇게 되면 더 이상 블랙요원이라고 할 수도 없다.

여기서 한번 짚고 넘어갈 것이 있다.

정보기관의 요원은 외교관으로 위장해서 나가는 화이트요원과 상사원 등으로 위장해 나가는 블랙요원으로 나뉜다고 할 수 있다.

화이트요원은 외교관이니만큼 이들의 신분은 주재국에 정확히 통보된다.

또한 주재국 정보기관에 자신이 정보기관원임을 반드시 알리고 주재국의 정보기관과 접촉해 공식적인 첩보 수집 등의 활동을 한다.

당연히 외교관 신분이라 출입국 시 세관 조사를 면제받는 등의 면책특권이 있으며, 혹시라도 불법으로 첩보 활동을 하다가 걸리게 되면 기소되지 않고 추방 조치되는 것으로 끝난다.

반면에 블랙요원은 주재국 정보기관에 통보되지 않은 첩보원이다.

이들은 주재국이 공개하기 싫어하거나 노출되기를 꺼리는 첩보를 수집하는 데 주로 투입되는 탓에, 주재국 정보기관의 추적 대상이 된다.

고로 비밀 공작에 투입된 이들은 업무에서는 화이트요원들보다 다소 유리할지 몰라도 면책특권을 가진 외교관 신분이 아니었기에 주재국 정보기관에 걸리게 되면 간첩죄를 물어 기소된다는 부담을 안고 있는 것이다.

선양 지점장인 송수명 지점장이 바로 그 예라고 할 수 있다.

"좀…… 어이가 없군요."

"할 말이 없네. 어쩌겠나, 자네가 애를 써 줄 수밖에."

해결사로 담용밖에 없다는 말.

'응? 나더러 뭘 어떻게 하라고? 설마 송 지점장을 구해 오

라는 말은 아니겠지? 이거 자신이 없다.'

그래도 확인이 필요했다.

"저더러 어떻게 해 달라는 말입니까?"

"송 지점장을 구해서 돌아오면 되네."

"……!"

담용의 얼굴이 팍 일그러졌다.

'엿 됐다.'

담용은 나이도 많고 직급도 높은 최형만의 앞이었지만 너무도 일방적인 명령에 헛웃음을 뱉어 냈다.

구해 오라니!

어떻게, 무슨 수로?

담용 혼자라면 어떤 수를 써서라도 탈출을 감행하겠지만 혹을 하나 달고서야 어디…….

"차장님, 그게 가능하다고 여기는 겁니까?"

"나도 무리한 요구라는 걸 아네. 하지만 거기엔 그럴 만한 이유가 있다네."

그럴 만한 이유가 있단다. 당연히 반드시 '필' 자가 들어가는 일이겠지.

'젠장, 빠져나가기 어렵겠는걸.'

무슨 핑계를 내너라노 벗어나지 못할 것 같은 예감이 들었다.

'에혀—!'

"일단 들어 보죠."

어차피 해야 할 일일 수밖에 없다는 것을 안 담용이 보다 더 많은 정보를 얻기 위해서라도 의문이 드는 점들을 더 들어야 했다.

정보를 많이 알수록 운신의 폭도 그만큼 넓어지기 때문이다.

"이달 말까지 중국 전역에 파견되어 있는 블랙요원들을 전부 철수시키라는 중국 측의 요구가 있었네."

"송 지점장을 석방시키는 조건이겠군요."

"맞네."

"우리 측에서는 요구를 들어주기가 난감한 상태고요."

"엄청난 손실이지. 돈으로는 결코 환산할 수 없는……."

말끝을 맺지는 않았지만 정보 계통을 잘 모르는 담용조차도 미루어 짐작할 수 있는 일이었다.

한국과 중국이 수교한 지 어언 8년.

그동안 구축해 놓은 첩보 라인을 모두 철수시킨다는 건 도저히 있을 수 없는 일이다.

그래서는 안 되는 이유가 더 절실한 사람은 그 누구도 아닌 담용이었다.

미래의 중국을 알기 때문이다.

특히 북한과 혈맹의 관계인 중국에서 첩보원 전원이 철수하게 되면 대공 부서가 가장 치명적 타격을 받게 된다.

바인더북

비로 눈앞의 최형만 차장이 맡고 있는 북한 파트다.

게다가 상전벽해라고 할 만큼 빠른 속도로 발전하는 중국을 상대로 정보 하나 취합하지 못한다는 것 역시 대한민국에 엄청난 대미지로 작용하게 될 것이다.

아니, 분명히 그렇게 된다.

정치 분야를 제외한 모든 분야가 중국의 요구대로 끌려갔으니까.

만약 첩보원들이 그대로 암약하고 있었다면 중국의 경제 정책을 첩보원들이 수집한 정보로 미리 대비를 할 수 있었을 것이다.

미리 알고 대비하는 것과 모르고 그냥 당하는 것의 차이는 그야말로 천양지차다.

특히 거대한 시장 규모와 성장 잠재력을 생각하면 눈 닫고, 귀 닫고 발만 동동 구르고 있을 수는 없다.

향후 10여 년간 중국 경제는 8퍼센트 이상의 경제성장을 지속해 미국, 일본에 버금가는 시장 규모를 달성하며 세계 경제에 큰 영향을 미치는 것을 알고 있는 담용으로서는 이번 일은 반드시 해내야만 했다.

이와 같은 중국 경제성장의 주요인은 무엇보다 대외무역 및 외국인 직접투자의 확대에서 찾을 수 있다.

그런데 첩보원들이 없다 보니 미국과 일본 등과는 달리 투자에 유리한 지역이 아니라 중국이 지정하는 지역으로 끌려

갈 수밖에 없었던 이유가 바로 여기에 있었던 것이다.

이는 더러운 정치인들의 놀음과는 별개의 것이다.

글로벌 경쟁 시대에 새로운 도약을 실현하기 위해서는 한국 기업들의 중국 진출은 불가피하다.

고로 기왕이면 입지 조건이 유리한 지역, 즉 기반 시설, 노동 인구, 물류 유통 같은 환경이 구비되어 있는 곳이 더 좋지 않겠는가?

첩보 활동이 원활했다면 이 모든 정보를 수집할 수 있었을 것이다.

거대 시장을 가장 가까이에 둔 대한민국의 숙명 같은, 아니 국민들의 경제적 안정에 지대한 영향을 끼칠 미래시장의 정보를 결코 놓쳐서 안 되는 일이었다.

아울러 첩보원들에 의해 탈북자들의 안전한 보호와 탈출로 등을 보다 탄탄하게 구축할 수 있다.

기억의 저편에서는 아마도 첩보원들이 전원 철수한 듯했다.

그랬으니 중국에서의 불합리한 손해는 물론 미래의 탈북자들 역시 죽지 못해 살아가는 지옥과도 같은 고통을 겪게 된 것일 터였다.

기껏해야 나선 사람들이 선교사 같은 종교계와 인권 단체의 인물들이다.

이들은 첩보에 대해 까막눈이다.

그렇다 보니 중국의 공안과 북한 공작원들에 의해 애먼 희생자들로 전락할 수밖에 없다.

만약 국정원 요원들이 계속해서 암약하고 있었다면 큰 도움이 됐을 것이다.

그런데 전원 철수라니.

중국 내에 전문 망원이 단 한 명도 없는 것.

상상만 해도…….

'휘휴우, 그러고 보니 이건 보통 일이 아니구나.'

국정원에서 어디까지 내다보고 하는 일인지는 모르지만, 담용이 아는 미래를 생각하면 당장이라도 선양으로 달려가고 싶은 심정이었다.

"차장님, 이달 말까지 시한을 둔 이유라도 있습니까?"

"자네도 경험이 쌓이면 알게 되겠지만 정보의 세계에서는 상대국에 경고 사인을 보낼 때 특정한 날을 택해서 통보하는 습성이 있네. 이를테면 이러네. 우리 국정원은 과거부터 지금까지 대개 북한의 정권 수립일인 9월 9일, 즉 9·9절을 택해 간첩 사건을 발표해 왔네. 중국도 송 지점장 사건을 지금의 원장님이 취임하는 그날에 맞춰 통보해 왔다네. 그리고 이달 말까지 블랙요원들을 철수시키지 않으면 10월 1일 국군의 날에 정식 통보하고 곧바로 공식 발표를 하겠다고 했네."

'쩝, 그래서 이달 말까지 구해야 된단 말이로군.'

"선양은 대북 공작의 전초기지인 곳이네. 송 지점장은 현지 사령관이고. 사실을 따지자면 중국과는 그리 연관이 없지, 대북 공작에만 특화된 첩보원들이니까. 이 모두 김철훈이 까발리면서 문제가 불거진 것이네."

닭을 훔치려다가 소를 빼앗기게 됐다는 말.

'참나, 일을 해도⋯⋯.'

"어찌 됐든 국정원 직원이 중국 국가안전부에서 조사를 받게 되면 상당한 비밀이 누설될 수 있겠군요."

"그뿐이 아니네. 중국 법정에서 간첩죄로 신문을 받게 되면 대한민국의 국가 비밀이 법정 진술을 통해 세계 전역으로 공개될 수밖에 없다는 것이 더 큰 문제일세."

한마디로 나라 망신이라는 얘기.

"그렇군요. 근데 국정원의 첩보망이 허술한 겁니까, 아니면 첩보 요원들이 무능한 겁니까? 그것도 아니면 중국 국가안전부의 능력이 탁월해서입니까?"

"끙."

담용이 신랄한 어조로 선양 지점장이 왜 잡히게 됐냐고 따지듯 묻자, 거기에 대해 할 말이 없었는지 앓는 소리로 대답을 대신하는 최형만이다.

"중국에서 전부 꿰고 있지 않고서야 지역 사령관이 체포 내지는 구금이 될 리가 없지 않습니까?"

"거기에 대해서는 할 말이 없네."

조금 화가 난 담용이 계속해서 따지듯 묻자, 최형만이 이제는 고개를 외로 꼬아 버렸다.

"아무튼 좋습니다. 중국에 애써 깔아 놓은 공작망을 잃을 수는 없지요."

그 말에 조금은 침울해하고 있던 최형만이 반색한 기색을 띠었다.

"가, 가 주겠는가?"

"별수 있나요? 가야죠."

가야 하는 이유는 미래의 중소기업들이 하지 않아도 될 고생을 미연에 방지하고자 함이지 결단코 정부나 국정원을 위해서가 아니다.

굳이 입 밖에 내서 할 말은 아니지만 담용의 의지는 그랬다.

"잘 생각했네, 그리고 고마우이."

덥석.

"아, 아아아……."

"이런 미안하네. 너무 기뻐서 그만…… 허허헛."

실은 하나도 아프지 않았지만 아직은 연극을 할 때라 엄살을 떨어 대는 담용이다

너무 강하다는 인식을 주는 것도 그리 좋은 일은 아님을 알아서였다.

그리고 이런 부상자를 꼭 보내야 하느냐는 시위도 담겨 있

었다.

그런데 눈도 깜짝 안 한다.

"이달 말까지라면 시간 여유가 있지 않습니까?"

"그것이…… 사실은 말일세."

최형만이 온달샘 사건을 미국 측의 음모라고 확신에 차서 말했다.

즉, 담용을 타깃으로 보낸 것이니 의심을 피하기 위해 알리바이를 확보하는 차원에서 일찍 중국으로 보내려 한다는 제반 사항을 말해 주었다.

"너무 비약해서 생각하는 것 같습니다."

"설사 그것이 아니더라도…… 우리가 자네 덕분에 공부를 좀 한 것이 있네. 거기에 기술돼 있기를 초능력자들 중에 상대를 추적하는 능력에 특화된 자가 있더구먼. 맞나?"

"예, 사이코메트리라는 수법을 사용하는 부류입니다. 저와 싸웠던 자 중에도 있었지요. 두 사람 중 체구가 큰 사람이 그런 자였습니다."

"그래서 말이네만 미국 측에서는 이 일을 결코 좌시하지 않으리라고 보네."

"그렇겠지요. 제가 좀 더 단련하고자 하는 이유도 거기에 있습니다."

나름대로 자구책을 강구하겠다는 얘기다.

"알고 있네. 그러나 우리는 그들이 자네를 추적하는 건 그리 어렵지 않으리라고 봤네."

"흠, 잘 보셨네요."

"그러니 속히 떠나도록 하게. 어쨌거나 알리바이는 확보
해 놔야 하지 않겠나? 그리고 기왕에 가는 것이니 이번 임무를
무사히 끝내 주게나. 그럼 자네가 원하는 대로 수련을 허락
하겠네."

국정원 수뇌부 나름대로 고심한 흔적이 엿보이는 부분이
었다.

"어쩔 수 없지요."

"다른 건 다 준비됐으니 몸만 가면 되네. 다만 얼굴은 홍
콩 출장 때와는 달라야 하네. 가능한가?"

"가능합니다."

"그럼 사진만 찍어서 붙이면 되겠군."

"돌아올 때의 계획은 뭡니까?"

김철훈의 방식인 항공사 직원으로의 분장은 원천 차단이
될 것이기에 묻는 말이다.

"제3국에서 귀국하는 걸 모색해 볼 생각이네."

"어? 그럼 라오스나 베트남 등지로 데리고 가야 한단 말입
니까?"

뭐, 몽고일 수도 있겠다.

"구출하게 되면 그곳 안내인이 안내를 할 걸세."

'제길…… 지구를 한 바퀴 돌아야 하는 건 아닌지 모르겠

네.'

이 점은 좀 방심했다. 담용 나름대로 다른 방법을 모색해 볼 필요가 있었다.

'일단 현지에 가서 생각해 보자.'

시키는 대로 한다고 안전을 보장하는 법은 없으니까.

할 얘기를 다 했다고 여겼는지 최형만이 엉덩이를 들었다.

"아! 차장님, 잠깐만요."

"질문 있으면 하게."

"제가 북경으로 가는 대신에 해 주실 일이 있어서요."

"말해 보게."

"체프먼과 그 일행이 지금 지리산을 여행 중입니다."

"아! 정 팀장에게 보고는 받았네만, 그 일은 시일을 조금 늦추게."

'젠장, 직속 팀원이라면서 나도 모르게 보고를 해?'

믿을 놈이 없다.

하기야 아직은 정보 계통의 얼치기나 다름없어 노파심에 서 보고했을 것임 모르지 않아 괘씸하지는 않았다.

아마도 정광수 팀장이라면 담용을 걱정한 나머지 보고를 했을 테니까.

"그들이 저를 추적할 수 있는 단서인데도 말입니까?"

"아네. 우리도 생각을 해 봤는데 미국 측이 아무리 빨라 도 이달 안으로는 사람을 보내기 어렵다고 봤네. 이유는,

적어도 일주일 동안은 그들의 연락이 없어도 신경 쓰지 않을 테니까. 그 이상 시일이 지나면 이상하게 여길 테지만 말일세."

'아, 그럴 수도 있겠구나.'

그리고 초능력자들의 능력을 믿는 바가 크면 클수록 시일은 더 오래갈 것이다.

"지금 CIA 한국 지부가 부지런을 떨고 있는 것도 그 두 사람이 입국한 일과 관련이 있다고 보네. 물론 사건이 터지고서야 짜깁기를 해 본 결과지만 틀림없을 걸세."

"확실할 겁니다."

킬러였던 타일러가 입국했을 때도 CIA 요원들의 움직임이 포착되지 않았는가?

파이낸싱스타 사무실과 우면산에 나타났던 것이 그 증거다.

하물며 초능력자들이 관계된 일이라면 아마 지금쯤 타일러 때보다 더 부산하게 움직이고 있을 것이다.

우리가 알았는데 그들이 모를 리가 없을 테니까.

"나머지는 다녀와서 의논하세."

"그리고 저……."

"뭔가?"

"대전산업단지의 야쿠자 자금은 어떻게……?"

야쿠자들이 탱크로리에 숨겨서 대전산업단지의 폐수처리

장에 은닉해 놓은 자금을 말하는 것이다.

"아, 그 자금은 당분간 움직이지 못할 걸세. 이유는 금융법, 아니 현재 국회 계류 중인 안건 중에 대부업의 등록 및 금융 이용자 보호에 관한 법률 때문이네. 그걸 최대한 지연시키는 한은 그 많은 자금을 쉽게 옮기지 못할 거란 말이네."

급하게 서두를 일이 아니라는 말이다.

'하긴 2002년 10월에 가서야 시행되는 것이니……'

하지만 그 전에 거액을 마냥 묵혀 둘 수가 없어 불법 사금융으로 IMF하의 서민들을 수도 없이 울린다는 것을 감안하면 하루라도 빨리 낚아채야 하는 일이었다.

'뭐, 시간이 있다고 하니……'

빠르면 빠를수록 좋지만 급히 먹은 음식에 체할 수 있다.

차근차근 처리해 나가면 되는 것이다.

'폴린 멕코이의 일은 아직 여유가 있으니 걱정할 게 없고……'

그렇지만 중국으로 가면서 먼저 연락해 둘 필요는 있었다. 혹여 연락이 닿지 않는다고 의심하는 사례는 없어야 하니까.

'회사 업무는 전화로 지시하면 될 것이고……'

테스크포스팀은 이제 관록이 붙어 있어 담용이 없어도 될 정도로 순항 중이라 안심이 됐다.

팀원들 중 유장수가 있어 더 믿음직한 면도 있었다.

테스크포스팀이 경영진에 간섭을 덜 받는 이유도 한몫했

바인더북

는데, 그것은 담용이 KRA의 최고 주주이기 때문이었다.

"알겠습니다. 근데 부탁을 한 가지 해도 됩니까?"

"말해 보게."

"13공수여단 여단장이 다음 해에 소장 진급 대상자입니다. 국정원에서 손을 써 줄 수 있는지요?"

전호철 여단장에게 양해를 구한 바가 없었지만, 어쩐지 기회다 싶어 운을 뗀 것이다.

"13공수여단이라면……?"

"전호철 준장입니다."

"아! 전 장군 말인가?"

"아십니까?"

"그 양반 FM이라 다들 꺼리는 분위기더군."

소문은 들었다는 말이었고, 이미 장군 진급 대상자 동향 파악이 다 되어 있다는 소리로 들렸다.

"진정한 군인의 표상이신 분입니다. 제가 그분 밑에서 근무해 봐서 잘 압니다."

담용이 아무런 관련도 없을 것 같은 국정원 차장에게 부탁하는 것은 아무리 현 정부에 와서 쪼그라들었다고는 하지만 그 영향력까지 줄어든 것이 아님을 알기 때문이다.

"단순히 그뿐인가?"

"뭐, 개인적으로는 처외삼촌 될 분이긴 합니다만……."

파 보면 다 나오기에 솔직히 말했다.

"하지만 그건 우연이었습니다."

"호오, 만나고 보니 그렇더라? 맞나?"

"예."

"그렇다면 맞겠지. 군인 정신이 투철한 전 장군이 나이 어린 자네, 아니 옛 부하에게 부탁했을 리는 없을 테고……."

담용이 자신의 직책을 떠들고 다녔을 리가 없으니 당연한 추정이었다.

"허헛, 그거 잘됐군그래."

"……?"

"이번 임무와 맞바꾸면 어떤가?"

"예?"

"송 지점장을 무사히 데려오면 전 장군의 진급을 책임지는 것으로. 어때?"

"꼭 그렇게 계산적이어야 합니까?"

"계산적이어서가 아니네. 자네에게도 뭔가 돌아오는 것이 있어야 한다는 뜻이네."

"아!"

공로가 있다면 그에 상응하는 대가가 있어야 한다는 말이지만 어째 대가치고는 좀 이상하다.

마치 대가가 없으면 움직이지 않는다는 이기주의자나 돈밖에 모르는 수전노 같은 인상을 줄 것만 같았다.

"굳이 그러지 않으셔도……."

"알아. 그렇지만 위쪽에다 슬쩍 언급해 놓는 건 나쁘지 않을 걸세. 그러려면 자네도 알고는 있어야지. 혹시 알아, 전화가 올지?"

'젠장, 달리 여우가 아니군.'

이를테면 이렇다.

－어이, 육 담당관 그런 일이 있었나?
－듣긴 들었습니다만…….

－어이, 육 담당관, 그런 일이 있었나?
－금시초문입니다만…….

이 둘의 차이는 극명하다.

'에혀, 이 양반은 그걸 조건으로 임무를 맡겠다고 하더라는 보고를 하겠지.'

담용은 이게 잘된 건지 어쩐지 헷갈렸다.

괜히 주제넘게 말했나 싶기도 했다.

'뭐, 기왕 말을 꺼낸 것이니 하나 더 부탁해 보자.'

"보직은 군 방위 사업에 관련된 것이면 좋겠습니다."

아직은 방위사업청이 발족되기 전이라 지금은 정확한 명칭을 몰라 두루뭉술하게 말할 수밖에 없다.

아마도 대한민국방위사업부겠지만 확실하지가 않다.

"군 방위 사업체 말인가?"

"예."

"거긴 요직인데…… 또 골치 아픈 부서이기도 하고."

"압니다. 수조 원 또는 수십조 원이란 돈이 왔다 갔다 하는 부서인데, 날파리나 쇠파리 들이 얼마나 꼬이겠습니까? 국가 권력자들도 한 발 담그려고 얼굴을 내밀 테고요. 그런 곳일수록 전 장군같이 똑 부러지는 분이 계셔야 국민들의 혈세가 엉뚱한 곳에 낭비되는 일이 없지 않겠습니까?"

"흠, 고려해 보도록 하지."

"만약에 말입니다."

"응?"

"전 장군이 군 방위사업부에 가게 되면 제게 감사관이나 감찰관의 직책을 줄 수 있는지도 알아봐 주십시오. 제가 대한민국의 진정한 OP라면 자격은 충분하다고 봅니다만……."

"헐―!"

더 듣지 많아도 비리에 관련된 자들을 깡그리 차단시키겠다는 말이나 다름이 없다.

더불어 OP라는 직책이 뭔지 국가에서도 증명해 보이라는 뜻도 내포되어 있다.

'허어, 어느새 이렇게 컸던가?'

최형만은 내심 놀라워했다.

말 한마디에 두 가지 뜻을 담는 것은 노회한 정치인들이나 선문답하듯 하는 것이지 아무나 되는 일이 아니다.

불과 6개월도 안 된 사이에 괄목할 만한 성장을 하고 있는 담용을 보는 최형만의 눈빛이 전에 없이 착 가라앉았다.

"뭐, 어렵다면 전 장군만 요직에 있으면 저는 상관이 없습니다."

이 역시 전 장군에게 정보를 받아 어떻게든 관계를 하겠다는 뜻임을 걸 새겨서 들으라는 말이다.

고로 꼭 부탁을 들어 달란 뜻도 포함되어 있다.

'무섭군.'

최형만은 말만 들어도 소름이 돋는 기분이었다.

이는 그동안 복마전이나 다름없는 군 무기 사업 관련 부처의 정보가 없어 손을 놓고 있었다는 얘기다.

복마전.

사전적 의미로는 마귀가 숨어 있는 전각이라는 뜻이다.

그러나 고래로 마귀가 존재했을 리가 없으니 이는 나쁜 일이나 음모가 끊임없이 행해지고 있는 악의 근거지를 뜻하는 말이었다

군대의 무기 관련 부서를 곧 복마전이라 말한다면, 그만큼 적절한 용어도 없을 것이다.

아울러 은근히 자신을 통해 경고하는 것이기도 했다.

만에 하나 부정이나 비리를 저지른 자가 발견되면 그는 소리 없이, 증거 하나 없이, 조용히 묻어 버릴 것이다.

제로벡터에게는 그만한 능력이 있었다.

거기에 자격마저 주어진다면 대통령이라도 자유로울 수 없다.

목숨을 여벌로 가지고 다닌다고 해도…….

'끔찍하군.'

생각조차 하기 싫다.

기실 국정원 3차장인 최형만 자신도 군에 관련된 고유의 업무에는 거의 문외한이나 다름없어 선뜻 대답을 하지 못했다.

더구나 군 출신이 아닌 바에야 더 그렇다.

군대도 국정원만큼이나 비밀에 싸인 국가기관이었고, 서로 소 닭 보듯이 간섭을 하지 않는다는 것 또한 한몫했다.

그러나 제로벡터가 OP의 자격을 운운하니 신경을 쓰지 않을 수가 없게 됐다.

만약, 부탁을 들어주지 않는다면!

–대한민국의 OP는 그냥 심부름꾼이자 권력자들의 하수인일 뿐이군요. 그렇다면 이딴 거 개나 줘 버리십시오.

그렇게 말해 버리고 훌쩍 떠나 버린다면!

과연 무책임하다고 말할 수 있을까?

식겁할 일이다.

결코 부정을 저지르려고 자리를 달라는 소리가 아님을 모르지 않았다. 돈이라면 차고 넘칠 정도로 소유하고 있으니 말이다.

정의.

즉, 국가의 정의를 구현하려는 애국심의 발로라고 보면 맞다.

"참, 이번에는 누구로 분장하는 겁니까?"

한번 얼굴이 팔린 대성상사의 김복주는 아닐 것이기에 묻는 말이다.

"그 문제는 내가 나가는 대로 정보협력과 요원이 들어와서 알려 줄 걸세. 그럼 무운을 비네."

"최선을 다해 보겠습니다."

BINDER
BOOK

하얼빈으로

북경의 국가안전부 제8국.

국가안전부 예하의 18국 중 제8국은 원래의 명칭이 반간첩정찰국이다.

이곳은 외국 간첩의 미행, 감시와 수사 및 체포를 할 수 있는 권한이 있는 부서다.

"국장님, 선양 지부장에게 전화가 연결됐습니다."

비서인 미요가 알려 주는 말에 50 중반의 쑨야오 국장이 책상의 전화기를 들었다.

"나, 국장이야."

—넵! 선양 지부장 바오샤이입니다.

"뭐 좀 알아냈나?"

-묵묵부답입니다. 고문을 가하지 않는 한 입을 열게 하기는 어려울 것 같습니다.

"고문은 안 돼. 우리의 조건에 응하면 풀어 줘야 하니 조금이라도 다쳐서는 곤란해."

　-그렇게 되면 정보를 캐내기가 어렵습니다.

"굳이 캐내려고 하지 않아도 돼. 어차피 요구 조건을 수용하면 그만한 값어치가 있는 일도 없을 테니 말이다. 지금 상태는 어떤가?

　-조금 좋지 않습니다.

"씻기고 치료해서 멀쩡하게 만들어 놔. 그리고 내 지시가 있을 때까지 적당히 대우를 해 주도록 해."

　-알겠습니다.

"그리고 말이야."

　-예?

"그럴 리는 없다고 여기지만, 혹시 하는 마음이 없지 않다. 감금 장소를 옮기는 건 어때?"

　-이곳도 안전합니다만…….

"한국은 사면초가 상태다. 궁지에 몰린 쥐 신세란 말이다. 우리 나라에서 첩보원들을 깡그리 철수시킨다면 눈먼 장님이나 마찬가지가 될 텐데 자네 같으면 쉽게 물러날 것 같나?"

　-저 같으면 물불을 가리지 않고 발악이라도 해 볼 겁니

다.

"바로 그거라고. 북경으로 압송하면 좋겠지만 이송 도중 첩보원들이 대거 달려들면 문제가 생겨. 외교상으로도 좋을 것이 없기에 압송하지 않고 거기 두는 거라고. 아무튼 중앙정법위원회에서 나온 말은 한국에서 얻을 것이 적지 않다는 거다. 이걸 반대로 풀이해 보면 한국이 결사적으로 나올 것이라는 말과 같다. 그러니 당장 안전한 장소를 옮기도록 해."

─알겠습니다. 오늘 밤에 안가로 이송하도록 하겠습니다.

"좋아. 이달 말까지가 시한이니 그때까지는 인원을 배로 늘려서라도 엄밀히 감시하도록 해."

─알겠습니다.

철꺽.

쑨야오가 전화를 끊자, 미요가 다가와 말했다.

"국장님, 방금 6국에서 전국의 공항, 항만, 철도, 터미널에 입국하는 한국인들을 감시하는 인원을 늘리도록 전통을 보냈다는 연락이 왔습니다."

제6국은 업무지도국으로, 정보과의 지원조에 속했다.

아울러 지방의 각 성省에 소재한 안전청국을 지도하는 부서이기도 했다.

"수고했다, 미요."

"그리고 이거……."

미요가 쪽지를 건네자, 금세 내용을 훑은 쑨야오의 미간이 살짝 찌푸려졌다.

"시한을 더 늘려 달라고?"

"1국에서 전해 온 내용 그대로입니다."

제1국은 기밀업무국으로 줄여서 기요국이라 부르는 부서다. 업무는 주로 조사 및 사정이다.

즉, 자국은 물론 중국 주재 외국 대사관과 외국 정보기관들을 사찰하는 부서인 것이다.

"마오시양 국장은 의견이 없고?"

"예. 한국의 총영사가 전해 온 내용을 그대로 보냈다고 합니다. 제 생각엔 국장님의 의향을 묻는 것 같습니다."

"흥, 무슨 꽁수를 쓰려고? 기한은 변함없다고 전해."

"넵!"

쑨야오가 선양 지부와 통화하던 그 시각, 담용을 태운 비행기가 김포공항을 출발해 하얼빈공항에 도착했다.

이륙 2시간 만인 11시경이었다.

체크인을 하고 청사를 빠져나오면서 홍종문이 웃으며 말했다.

"공항이 아담하지요?"

"아, 예. 한가하기도 하고요."

아담하다기보다 마치 중학교나 고등학교 건물처럼 생겼다.

평화로운 모습이었지만 옥에 티는 있었다.

바로 입국장에서 자신을 노려보듯 쳐다보던 직원의 날카로운 눈빛이었다.

꼭 용의자나 범죄인을 쳐다보는 눈빛이라 기분이 썩 좋지만은 않았지만 내색하지는 않았다.

"하핫, 아직은 국제화가 되지 않아서요. 아마 다음에 올 일이 있으면 그땐 많이 달라져 있을 겁니다."

'그렇겠지. 대한민국만 하더라도 몇 년 지나면 백두산 관광에 열을 올릴 테니까.'

거기에 하얼빈역 인근에 있는 안중근 기념관 또한 한국 사람이라면 반드시 들르는 코스였으니 말이다.

아마 지금쯤 하얼빈에 여행사를 차리면 돈을 좀 만질 수 있을 터였다.

'이걸 가르쳐 줘, 말어?'

마치 평생의 한이 맺힌 것처럼 봇물이 터지듯 몰려올 것이니 돈을 다발로 끌 것이 틀림없다.

담용은 기회를 봐서 '꿀팁'을 슬쩍 알려 줄 생각을 했다.

여행사를 차리게 되면 여러모로 이로운 점이 많다.

특히 정보 계통의 일이라면 활용도가 이만저만이 아닐 것이다.

첩보원들이 여행객을 가장해서 수시로 드나들 수 있는 루트가 있다면 어떨까?

'써늘하군.'

하늘에 구름이 끼어서 그런지 조금은 써늘한 날씨다.

서울은 아직 여름이 끝나지 않은 날씨였지만 이곳은 북단이라 그런지 벌써 완연한 가을이다.

잠시 하얼빈에 대해 공부했던 것을 떠올려 봤지만 뭐, 별것 없다.

헤이룽장 성에 위치한 하얼빈은 인구 천만 명에 중국의 10번째 도시라는 것 정도.

아, 여기서 홍종문을 잠시 소개하면 이렇다.

국정원도 한중 수교 이후 놀고만 있지는 않았는지 담용을 조금 놀라게 한 부분이기도 했다.

놀랍게도 홍종문은 국정원 해외공작국 정보협력과 소속의 요원임과 동시에 중국 사람이었다.

즉, 국적이 중국이라는 것.

뭐, 조선족이긴 하지만 어쨌든 중국 사람이었고, 이름도 뚠먼이라고 했다.

무슨 뜻의 이름인지는 모르지만 중국어가 유창했다.

이것으로 보아 국정원에서 조선족을 포섭해 요원화시킨 사람이 꽤 있다는 것을 알 수 있다.

홍종문의 중국에서의 직업은 하얼빈 외곽에서 신발 공장을 경영하는 사장이었다.

담용은 현재 여권상의 이름이 천건호로, 나이도 40대 중반인 46세로 기재되어 있었다.

그에 걸맞게 목소리도 걸걸했고, 얼굴 역시 적당히 분장되어 사업가로서의 노련한 태가 났다.

이렇듯 분장이나 변장이 감쪽같아진 것은 홍콩 출장 이후, 시간을 쪼개서라도 꾸준히 연습했던 덕분이었다.

그는 중국의 신발 생산 공장을 확인하고 주문하려는 바이어로 분해 있었다.

그래서인지 입국할 때, 남자 직원과는 달리 공항 여직원으로부터 호의적인 환대를 받기도 했다.

담용은 혹시 하는 마음에서 신발에 관한 기본적인 몇 가지 용어를 홍종문에게서 배워 암기해야 했다.

당연한 것이겠지만 홍종문은 담용이 제로벡터임을 알지 못했고, 지금의 얼굴도 실제 그의 것인 줄로 알고 있었다.

즉, 변장한 얼굴임을 모를 정도로 감쪽같아 연배가 많은 줄 알고 존대를 하고 있는 것이다.

홍종문은 단지 담용이 맡은 임무인 송수명 지점장의 구출에 필요한 전반적인 내용과 제반 협조를 할 것을 지시받았을 뿐, 그 외 다른 부분은 알지 못하고 있었다.

당연히 담용이 어떤 수단과 방법으로 구출할지에 대해서

는 아는 바가 없다.

담용 역시도 현장을 가 보지 않은 상태에서 아직 구출 계획 같은 것을 짜 놓지도 못한 상태였다.

"천 선생님, 저기 의자에 앉아 신문을 보면서 출구를 힐끗힐끗하는 사람들이 공안입니다."

"아."

그러지 않아도 담용의 예민한 감각이 거슬리는 부분이었다.

"아마 청사에 적게는 서너 명 많으면 열 명 내외 정도가 배치되어 있을 겁니다. 그러니 자연스럽게 행동하십시오."

"조심하지요. 근데 안중근 의사 기념관이 있는 곳이 어딥니까?"

바이어로 입국했지만 관광도 곁들인 티도 낼 겸 기념관을 들러 보기로 했다.

한국 사람이라면 누구나 기회가 닿으면 한 번은 꼭 가 봄 직한 곳이 아니던가?

"조선민족예술관에 있습니다."

'엉? 조선민족예술관?'

안중근 의사 기념관이 아니었나?

기억을 더듬어 보니 그제야 2014년에 중국 정부가 저격 현장인 하얼빈역으로 옮긴 신문 기사를 봤던 것이 생각났다.

"예술관부터 들러 보시겠습니까?"

"멉니까?"

"넉넉잡고 30분이면 갈 수 있습니다."

30분 정도라면 괜찮을 것 같았다.

김포공항에서의 첫 비행기가 오전 9시였기에 11시를 조금 넘긴 시각이다.

"택시로요?"

"아, 제 차가 주차장에 있으니 그걸 타고 가면 됩니다."

"아, 아……."

담용은 이곳에 와서야 홍종문이 자신을 데리고 오기 위해 일부러 한국에 왔었던 것임을 알았다.

"저를 따라오시죠."

그렇게 말한 홍종문이 카트를 밀고 앞장섰다.

담용이야 짐이 단출해서 카트가 필요 없었지만 홍종문은 짐이 꽤 많았다.

차는 담용도 알지 못하는 마크가 돌출된 중형 외제 승용차로 검성색이었다.

"차가 좋은데요?"

"하핫, 중국에서도 우리나라처럼 외관을 중시하는 습성이 있어서요. 뭐, 그만한 여력이 되기도 해서…… 하하핫."

멋쩍게 웃는 홍종문의 말처럼 동그란 얼굴에 살집까지 투실투실해서 젊은 사업가처럼 보이긴 했다.

그때 날카로운 음색이 들려왔다.

"잠깐!"

"……?"

탑승하려다 말고 두 사람이 돌아보니 점퍼 차림의 건장한 사내 두 명이 다가오는 것이 보였다.

홍종문이 나섰다.

"왜 그러시죠?"

"실례합니다."

척!

신분증부터 내민 이는 나이가 좀 많은 사내였다.

사내의 신분증을 본 홍종문이 담용에게 속삭이듯 말했다.

"경찰이 아니라 공안입니다."

끄덕끄덕.

담용도 경찰과 공안이 다르다는 걸 안다. 또 공안은 정부조직의 명칭이고, 경찰은 경찰 직무에 대한 명칭이라는 것도.

차이는 별반 없지만 경찰이 공안에 속해 있는 조직이라는 것이다.

홍종문이 의아해하는 표정을 물었다.

"공안이 왜 우릴……?"

"검문에 응해 주시기 바랍니다."

"오늘 무슨 일이 있습니까?"

비상사태 같은 일이 생겼냐고 묻는 것이지만 공안은 제 할 말만 했다.

"대답하지 않겠습니다. 신분증을 부탁드립니다."

말투가 강압적이지가 않아 딱히 불쾌한 것은 없어 담용은 순순히 여권을 보여 주었다.

아마도 담용이 방금 입국 신고를 한 외국인임을 이미 확인한 때문일 것이다.

지금은 막 공항을 빠져나온 터라 자동 입국 신고가 된 것 외에는 검문에 걸릴 일이 없어 불안한 마음을 가질 필요가 없었다.

담용의 여권을 확인한 공안이 두 사람의 얼굴을 살피더니 담용에게 물었다.

"사업차 온 거요?"

"이보시오, 이분은 제 손님으로……."

"아, 홍 사장님, 제가 말하지요."

담용이 홍종문이 나서려는 것을 굵직한 목소리를 내며 말리고는 앞으로 나섰다.

중국어에 자신이 있어서가 아니라 서툴러도 직접 대화하는 것이 더 낫다는 생각에서였다.

"그렇소이다, 뭐가 잘못됐소?"

"사업하려는 내용이 뭐요?"

'응? 왜 그것까지 묻는 거지?'

뭔가 조금 수상쩍다 싶었지만 순순히 응했다.

"여기 홍 사장이 가져온 샘플은 봤지만 그걸로 부족해서 공장을 견학하려고 온 거요. 뭐, 샘플대로 마음에 들면 수입을 해 볼까 하는 생각이오만……."

　"하면 바이어로 온 거요?"

　"바이어가 될지 그냥 돌아갈지는 아직 결정이 안 됐소. 공장과 생산 공정을 보고 결정을 해야 하는 거라……."

　"흠, 며칠이나 머물 거요?"

　"수입을 하든 안 하든 3일 내에는 출국할 예정이오. 하지만 일의 경과에 따라 하루 이틀 늦어질지도 모르오. 그래서 돌아가는 비행기 표를 예약하지 않았던 거요. 근데 왜 이리 꼬치꼬치 캐묻는 거요?"

　"그건 알 것 없소. 혹시 다른 곳으로 이동할 계획이 있소?"

　절레절레.

　"지금은 그럴 계획이 없소."

　"있을 수도 있다는 얘기요?"

　"기왕에 왔으니 빈손으로 갈 수는 없지 않겠소? 여기 일이 틀어지면 다른 곳으로 가서라도 상품을 보고 수입할 수도 있으니 말이오."

　"본국에서는 외국인이 이동할 시 반드시 도착지의 파출소에 신고하게 되어 있다는 것을 알아야 하오."

　"그 정도 상식은 알고 왔으니 염려하지 않아도 되오."

"흠, 이 길로 곧장 공장으로 갈 겁니까?"

"아니오. 조선민족예술관에 잠시 들러서 구경하고 갈 거요."

"흐음."

공안은 한국인들이 입국하면 가장 많이 찾는 장소가 그곳임을 아는지 미미하게 고개를 끄덕이고는 여권을 돌려주었다.

"실례했소이다."

척!

삐딱한 경례를 하는 둥 마는 둥 하고는 돌아서 가는 두 공안이다.

"타시지요."

"예."

담용이 조수석에 올라타자, 홍종문이 말했다.

"중국어를 배우셨나 봅니다."

"后吙, 들으셨다시피 실력은 형편없지요. 겨우 듣고 떠듬떠듬 말할 정도라서요."

공안이 감안해서 들어서 그렇지 담용의 말대로 많이 서투르긴 했다.

"그래노 상당한 실력입니다. 배우기가 여간 어려워야지요."

"또 올지 모르니 공부를 더 해 놔야겠습니다."

"하핫, 그나저나 아무래도 송 지점장의 일 때문에 한국인들을 조사하는 것 같은 예감이 듭니다."

"설마요?"

"저길 보십시오. 저기 노랑 머리 외국인들한테는 접근을 하지 않지 않습니까?"

"……!"

'젠장.'

담용이 봐도 그래 보였다.

비행기가 속속 도착하는지 게이트를 빠져나오는 외국인들이 제법 있음에도 거들떠보지도 않는 공안들이다.

반면에 동양인이면 반드시 검문을 하는 행태를 보이고 있었다.

선양과 하얼빈은 차량이나 기차를 이용하더라도 대략 9시간 전후의 거리에 위치해 있다.

현재까지 담용이 아는 정보는 송 지점장이 아직 국가안전부 선양 지부에 갇혀 있다는 것이다.

고로 송지점장과 관련이 있다고 단언하기에는 무리가 있다지만 주의할 필요는 있었다.

선양에서 먼 하얼빈까지 검문하는 것으로 보아 중국 국가안전부 측도 다방면으로 예상을 하고 있다는 뜻이다.

잠시 말이 없던 홍종문이 자동차 열쇠를 꽂았다.

부릉-!

시동을 걸고 가속 페달을 밟자, 미끄러지듯 나아가는 것이 승차감이 꽤나 좋았다.

"조심하셔야겠습니다."

"그러죠."

담용의 임무가 뭔지 잘 알지만 일의 성패에 대해서는 불문율처럼 묻지 않는 홍종문이다.

그저 자신이 할 일만 한다는 생각.

담용도 홍종문과 대화는 하고 있지만 머릿속으로는 '송수명 지점장을 어떻게 구할까?' 하는 생각으로 가득 차 있었다.

"그렇게 번잡하지는 않네요?"

"하핫, 사실 볼 것이 그리 많지 않은 하얼빈입니다. 지역이 엄청 추운 곳이라서요."

"그래도 우리나라 사람들에게는 그렇지가 않죠. 역사적인 곳이니 말입니다."

"안중근 의사 기념관은 우리나라 사람보다 중국인들이 더 많이 찾는 곳입니다."

담용도 얘기는 들었다.

자기 나라 사람이 아님에도 관심이 적지 않다는 것을.

뭐, 안중근 의사가 이토 히로부미를 저격한 일은 중국에도 영향을 미쳤으니 대우를 받을 만하긴 했다.

"아직까지는 그럴 겁니다. 이제 곧 본격적으로 문호가 개방되면 다를 겁니다. 그래서 말인데요."

"⋯⋯?"

"여행사를 곁들여서 사업을 해 보길 권하고 싶습니다."

"여행사요?"

"예. 제 생각엔 얼마 되지 않아서 우리나라 사람들이 백두산을 관광하기 위해 엄청 몰려올 것 같거든요. 마치 한이 맺힌 사람들처럼 말입니다."

"아, 그거 공감이 가는 말인데요."

"안중근 의사 기념관과 몇 가지 더 보태서 패키지로 엮으면 더 좋고요."

"괜찮겠는데요. 거기에 우리 업종을 결부시킨다면⋯⋯ 하하하핫."

머리가 잘 돌아가는 편인지 대번에 알아듣고 정보 업무까지 확장시키려는 홍종문이다.

"자전거가 많네요."

"남녀 불문하고 주요 교통수단이라 차가 못 다닐 정도로 많지요."

그러고 보니 자동차를 전혀 의식하지 않고 제 갈 길을 가고 있는 자전거들이다.

"자전거 전용 도로는 없습니까?"

"없지요. 그냥 혼용해서 다닙니다."

"앗! 조심⋯⋯!"

"어쿠!"

끼이익.

어디선가 자전거 툭 튀어나오는 통에 홍종문이 식겁을 해서는 급브레이크를 밟았다.

하지만 자전거를 탄 사람, 아니 여자는 전혀 신경을 쓰지 않고 유유히 가고 있었다.

하마터면 큰 사고로 이어질 뻔했음에도 말이다.

무감각한 건지 흔히 일어나는 일상인지 헷갈린다. 그러고 보니 중앙선 외에 다른 차선이 없다는 걸 그제야 알았다.

담용은 여기서 패닉 현상을 느껴야 했다.

"후우! 큰일 날 뻔했네요."

"이런 일이 자주 있습니까?"

"서로 조심하는 편이라……. 그런데 저 여자는 좀 지나친 면이 있네요."

"천천히 갑시다."

"하핫, 이제 다 왔습니다."

홍종문이 차를 주차시킨, 깔끔해 보이는 곳은 7층 건물 앞이었다.

"입장료는 없으니 그냥 들어가면 됩니다."

홍종문은 몇 번 와 봤었는지 거침없이 담용을 안내했다.

'아―!'

실내로 들어서자마자 담용은 속으로 탄성을 자아냈다. 가장 먼저 눈에 띈 것이 낡은 태극기여서다.

그런데 건이감곤의 4괘 대신 그 자리에 대한독립이라고 돌아가며 쓰여 있었다.

그 아래는 단지斷指를 한 손도장이 찍혀 있었고, 안중근 의사의 빛바랜 사진도 부착되어 있다.

그리고 오른쪽을 돌아가니 '거룩한 손'이란 제목의 조각품.

바로 안중근 의사의 단지를 형상화한 작품이다.

순간, 가슴이 뭉클해지고 마음이 울컥했다.

담용이 아는 이토 히로부미는 당시 일본의 최고의 천재 전략가였다.

예를 들면 삼국지의 제갈량이나 주유 또는 사마의 같은 지략가로서 정치면 정치, 경제면 경제, 문화면 문화 다방면으로 천재였던 이토 히로부미는 당시 조선을 천천히 식민지화하려는 생각을 가졌던 인물이었다.

사실 급진적이 사고보다 이게 더 무섭다.

급진적인 사고는 당장 거센 저항에 부딪치지만 가랑비에 옷 젖듯이 다가온다면 조선의 정신과 혼 그리고 전통마저 무너뜨리기에 더 무서운 것이다.

이를 안 안중근 이사가 하얼빈역에서 저격해 죽여 버린 것이다.

약 2백 평 정도의 공간.

그 안에 손도장, 동상, 유필 등 안중근 의사와 관련된 각
종 자료들이 전시되어 있다.

"천 선생님, 언제 실행하실 예정입니까?"

전시관을 돌아보던 중에 홍종문이 말을 걸어왔다.

담용도 이런 기회에 의논하는 것이 적당할 것 같아 이에
응했다.

"아직은 계획이 없습니다. 이따가 그쪽 현지의 지도와 상
황을 보고 계획을 짜 봐야지요."

"그런데 공안에게는 왜 3일을 얘기했습니까? 혹시 그 전
에……."

일정에 여지를 둔 것은 알지만 혹시 하는 마음에 묻는 것
이리라.

"시일을 끈다고 해서 좋을 게 없으니까요."

"그렇다면 안내인을 언제 호출하면 되겠습니까?"

중국을 탈출할 때의 안내인을 말하는 것이다.

"그건 이따가 다시 말씀을 드리지요. 근데 홍 선생이 직접
거기까지 안내하기로 되어 있는 겁니까?"

"예."

"교통편은요?"

"원하시는 대로 해 드리겠습니다. 계획에 따라 다를 테니
까요."

"감사합니다."

"뭘요. 그런데 정말로 혼자 움직여도 괜찮겠습니까?"

"잠입할 때 말입니까?"

"예, 아무래도 동조자가 있어야······."

홍종문은 그것이 내내 마음에 걸리는 모양이었다.

뭐, 보여 준 것이 없으니 못 미더워하는 것도 한몫했을 것이다.

"위에서 들은 것이 없었습니까?"

"그냥 맡겨 두면 된다고만······."

"그럼, 그렇게 하십시오."

"아, 예······."

담용은 당신도 이번 일이 잘못되면 철수 대상이냐고 묻고 싶었지만 묻지 않았다.

홍종문의 비밀 등급이 어디까지인지 모르기 때문이었다.

"이제 나가지요."

20분짜리의 영상도 준비되어 있었지만 방문한 것으로 만족한 담용이 홍종문과 함께 기념관을 나왔다.

구출 작전 I

담용은 홍종문이 마련해 준 공장 숙소에서 잠이 들었지만 맡은 임무의 걱정 때문인지 깊은 숙면을 하지 못하고 눈을 뜨고 말았다.

잠깐 눈을 붙인 것이었지만 눈꺼풀이 무겁지도 않았고 졸리지도 않았다.

결국 몸을 몇 번 뒤척이다가 일어났다.

'시간이 어떻게 됐나?'

머리맡에 둔 듀얼 시계를 보니 이곳 현지 시각은 새벽 2시를 조금 넘기고 있었고, 서울은 새벽 1시를 가리키고 있었다.

고작 1시간의 시차라 딱히 몸에 영향을 주는 것 같지 않았다.

　물을 한잔 따라 마신 담용이 창가로 가서는 팔짱을 꼈다.

　몇 개의 희미한 보안등만이 쓸쓸하게 공터를 밝히고 있는 밖은 칠흑같이 캄캄했다.

　'후우, 뾰족한 수가 없나?'

　여전히 송 지점장을 구출할 방법이 떠오르지 않았다. 아니, 구출할 방법보다는 어떻게 탈출시켜야 할지 감이 잡히지 않는다는 것이 맞다.

　구출하는 것은 그리 어렵지 않다.

　다만 한 사람을 데리고 태국이나 베트남, 라오스, 티벳 혹은 예멘까지, 그 먼 길을 돌아서 가야 한다고 생각하니 엄두가 나지 않았다.

　또한 그 먼 길을 가는 동안 무슨 일이 일어날지 아무것도 예측할 수가 없다는 점도 답답했다.

　'휴우—!'

　한숨을 몰아쉬며 창가를 벗어난 담용이 의자에 털썩 걸터앉았다.

　그러다가 맞은편 벽에 걸린 그림을 보고는 벌떡 일어났다.

　'배?'

　그랬다.

　벽면의 반을 채울 만큼 큼직한 화물선, 아니 여객선인가?

　아무튼 배를 잘 모르는 담용이 봐서는 정체가 모호한 배의 사진이다.

선체 명 : DongHae-Ferry

그런데 배 사진을 본 담용의 머리에 뇌전과도 같이 '찌릿'
하는 번개가 쳤다.

짝!

"그래! 바로 저거야!"

담용이 갑자기 흥분해서 난리를 쳐 대는 것은 언젠가 봤던
영화에서의 한 장면이 떠올랐기 때문이다.

'후후훗, 궁하면 통한다더니…….'

뭔가 기발한 생각이 떠올랐는지 담용이 저도 모르게 손뼉
을 치고는 급히 휴대폰을 들었다.

-우웅, 여, 여보세요.

"홍 선생, 나, 천이오."

-어이쿠, 천 선생님, 이 새벽에 웬일입니까?

"출발 차비를 하고 속히 와 주시오."

-예? 지, 지금 말입니까?

"그렇소."

-아, 알겠습니다. 서두르지요.

자택이 그리 멀지 않았는지 홍종문은 20분도 채 지나지 않
아서 담용의 숙소로 왔다.

"천 선생님, 대체 무슨 일입니까?"

"계획을 실행하려고요."

"예? 이 밤에요?"

"준비해 주실 것이 있소."

"뭐, 뭡니까? 말씀만 하시지요."

담용이 마침내 송 지점장 구출을 시작하겠다는 말에 살짝 흥분이 됐는지 홍종문도 적극적으로 나왔다.

"혹시 선양에 거래처가 있소?"

"당연히 있지요. 내수를 하려면 선양 같은 큰 도시에 거래처를 만들어 놓는 건 필수니까요."

"그렇다면 거기에 납품할 일을 만들어야겠소. 지금 당장 말입니다."

"거참, 혹시 뭘 알고 그리 말하시는 겁니까?"

"예?"

"그러지 않아도 주문받은 신발을 내일까지 납품해야 하는 일이 있어서요."

"어? 그거 잘됐군요."

"가만있자…… 아무래도 제가 직접 납품하는 걸로 해야겠네요. 잠시 나갔다가…… 아니지 더 필요한 건 없습니까?"

"250cc짜리 정도의 오토바이가 필요합니다."

"그건 어렵지 않습니다. 그곳 요원에게 부탁하면 되니까요."

"쓰고 버릴 겁니다."

"감안하겠습니다."

"그리고 선양에서⋯⋯. 참, 벽에 부착된 저 배는 무슨 배입니까?"

"아, 여객선과 화물선을 겸용으로 하는 배입니다만⋯⋯."

"저 배를 확보할 수 있으면 좋겠는데, 방법이 없겠습니까?"

"하핫, 그건 어렵습니다. 친구가 운용하는 밴데 지금쯤 일본 규슈에 입항해 있을 겁니다. 근데 배가 필요합니까?"

"예, 반드시요."

"하면 탈출을 페리 편으로⋯⋯?"

"그럴 작정입니다."

"아니! 그건 불가능할 겁니다. 송 지점장이 없어졌다는 걸 아는 순간, 공항이나 항만에 공안과 경찰 들이 쫙 깔릴 건데요?"

"그러기 전에 해지우면 상관없지요."

"대체 무슨 말씀이신지⋯⋯?"

"그 일은 제가 처리할 테니 맡기세요."

"그야 뭐⋯⋯."

"선양에서 가장 가까운 항구가 어딥니까?"

"대련항입니다."

"차량으로 가면 시간이 얼마나 걸릴까요?"

"아무리 빨라도 6시간은 잡아야 할 겁니다."

"흠, 그럼 시간을 계산해 봅시다. 이따가 2시 정도에 출발하면 선양까지 정확히 얼마나 걸리죠?"

"중간에 무슨 일이 없다면 9시간가량 걸립니다."

"도착하면 오전 10시 전후가 되겠군요."

"예, 대낮이라 곧바로 일을 착수하기는 어려울 겁니다."

송수명 지점장의 구출 작전을 말함이다.

"그 일이야 당연히 밤이 될 때까지 기다려야지요. 우리는 그동안 대련항으로 가서 배편을 알아보는 겁니다."

"굳이 거기까지 가지 않아도 제가 한국으로 가는 배 시간 정도는 압니다. 소량의 신발을 보낼 때 자주 사용하니까요."

"어? 그래요?"

"그럼요. 인천항으로 가는 배가 주 2회 취항하는데…… 잠시만요."

잠시 달력을 확인한 홍종문이 다시 말했다.

"가장 빠른 배가 28일 저녁 6시에 출발하는군요."

"으음, 시간이 촉박하겠는데요."

담용은 시간이 가능한지부터 계산해 보기로 했다.

"지금이 27일 새벽 1시 30분입니다. 늦어도 2시에 출발하면……."

"선양까지는 9시간이 걸리니 늦어도 오전 11시쯤에 도착할 겁니다."

"거기서 곧바로 대련항으로 가야 합니다. 지체할 시간이 없는데 신발을 하차할 시간이……."

"신발은 화물차 통째로 맡기면 되니 신경 쓰지 마십시오."

"미안합니다, 임무가 먼저라……."

"그런 말씀 마십시오. 저도 요원인걸요."

하기야 미안해서 그냥 해 본 소리에 지나지 않았다.

"선양에서 대련항까지 6시간이 소요된다고 치면……."

"오후 4시경이면 도착할 겁니다."

"거기서 일을 잠시 봐야 합니다. 대련에 우리 요원이 있습니까?"

"요원은 아니지만 망원이 있습니다."

"혹시 그 사람이 기관장을 소개시켜 줄 수 있겠습니까?"

"기관장요?"

"예, 페리 기관장 말입니다."

"흠, 수배는 할 수 있을 겁니다만 비상이 걸리면 기관장도 빋을 수가 없게 됩니다."

"그 일은 제게 맡기시면 되니 걱정하지 않아도 됩니다."

담용은 인정사정을 헤아릴 상황이 아니라 여겨 얼러링 페이스(매혹적인 얼굴)든 이티머시(친밀감)이든 최대한 동원해서 기관장을 구워 삼을 작정을 했다.

기관장의 정신 상태가 이상해질 수 있다는 것을 모르지 않지만 무시했다.

"대련에 도착하는 대로 만나게 해 주십시오."

"알겠습니다. 그리 어렵지는 않을 겁니다. 근데 시간이 얼마나 걸릴 것 같습니까?"

"현지에 가 봐야 알겠지만 가능한 빨리 끝내도록 하겠습니다. 대략 1시간 정도?"

"다시 되돌아오면 선양에는 오후 11시쯤이 될 것 같습니다. 구출 작전은 언제 하실 생각이십니까?"

"시간이 그리 많지 않으니 자정이 넘으면 곧바로 시작할 겁니다. 작전 이후에 별다른 특이 상황이 발생하지 않는다면 1시간이면 충분할 겁니다."

'헐!'

말을 하니 듣고는 있지만 영 생뚱맞은 소리라 내색은 못하고 의심만 잔뜩 끌어안는 홍종문이다.

그렇지만 어쩌랴?

그럴 자신이 있으니 그러겠지 하고 자신은 시키는 대로 따르기만 하면 그만이다.

일의 성패는 자신의 책임과는 무관했다. 아니, 애초에 도우미로만 나선 터라 구출 작전에 관해서는 전혀 모르고 있었다.

홍종문의 생각이 어떠하든 담용은 시종일관 진지했다.

"역시 화물차를 준비해 주셔야겠습니다. 참, 지도를 좀……."

"여기 있습니다."

땅덩이가 넓은 중국에서는 필히 지참해야 하는 필수품이라 홍종문이 품속에서 지도를 꺼내 펼쳤다.

"대련항으로 향하는 도로로 해서 오토바이로 2시간 정도의 거리라면 어디쯤입니까?"

굳이 2시간을 잡은 이유는 기름이 떨어질 것 같은 이유도 있지만 사람을 2시간이 넘도록 오토바이 뒷좌석에 태울 수 없었기 때문이었다.

"안산시가 나옵니다, 여기."

홍종문이 한 지점을 짚었다. 선양에서 대련으로 가는 길목에 위치한 제법 큰 도시로 보였다.

"거기에 휴게소가 있는데 주차장에서 차를 바꿔 타면 됩니다. 아마 빨라도 2시간이 소요된다고 보면 안산시까지는 새벽 3시쯤 되겠습니다."

"너무 타이트한 시간인 것 같으니 새벽 4시로 잡지요."

"하긴 변수를 전혀 염두에 두지 않은 터라 그러는 게 좋겠습니다."

시간의 여유가 조금 생긴 셈이다.

"홍 선생은 제가 작전에 들어가는 순간, 안산시로 가서 기다리십시오. 아, 사람 하나 들어갈 정도 크기의 나무 박스를 준비해 놓으십시오."

"알겠습니다. 대련항까지는 속도를 높여도 4시간이 걸릴 겁니다. 중간에 검문이 심해지면 더 걸릴 거고요."

"최대한 빨리 움직이면 검문이 이뤄지기 전에 일을 마무리할 수 있을 겁니다."

'내가 그렇게 만들 테니까.'

담용이 혼자 속으로 하는 말이다.

그러나 또 '헐' 하게 만드는 억지 말을 해 댄다며 홍종문이 속으로 투덜거렸다.

중국국가안전부를 너무 허술하게 보는 건 아닌지 심히 걱정이 되는 홍종문이다.

그래도 무조건 따르면 된다.

상부에서도 무조건 따르기만 하라고 했으니 딴죽을 거는 건 먼 나라 얘기다.

그런데 문제가 없지 않아서 물을 수밖에 없다. 이것까지는 홍종문의 권한이었다.

"페리가 출발하는 시간이 저녁 6시입니다. 그런데 우리가 구출해서 도착하는 시간이 기껏해야 오전 10시인데, 그동안 송 지점장을 어디에……."

말을 맺지 못하고 얼버무렸지만 뒷말은, 어디다 숨겨 놓을 것이냐다.

무려 8시간 동안을, 그것도 공안의 검문검색을 피해 안전하게 숨어 있을 수 있느냐.

"그건 순전히 송 지점장의 인내에 달려 있습니다. 가장 안

전한 장소이지만 그 장소는 인내가 없이는 버티지 못하는 곳
이라서요."

"······?"

홍종문은 그 장소가 어딘지 궁금했지만 감히 묻지 못했다.

"참, 인천까지는 얼마나 걸립니까?"

"18시간 아니면 19시간 정도 소요됩니다."

'우와! 적어도 하루 이상은 꼬박 웅크리고 있어야 한다는
말이네.'

"홍 선생은 24시간 동안 좁은 데서 지낼 수 있는 준비를
해 주십시오. 예를 들면 갖가지 먹을거리와 또······ 배변을
할 수 있게 용기 같은 걸 말입니다."

"그러지요."

그 말에 송 지점장을 페리의 어느 구석에 짱 박아 두듯 숨
겨 놓을 것이라는 걸 대충 눈치챈 홍종문이다.

"홍 선생, 2시까지 출발할 수 있도록 준비를 해 주시지요."

"알겠습니다. 금방 연락을 드릴 테니 준비하고 계십시오."

손목시계를 확인한 홍종문이 부리나케 밖으로 나갔다.

부아아앙-!

야심한 시각, 밤이 깊어서인지 휑한 고속도로로 2.5톤 화

물차 한 대가 질주하고 있었다.

운전을 하는 이는 홍종문이었고, 담용은 커튼 박스를 잔뜩 실은 화물칸에 몸을 숨긴 채였다.

그러니까 담용이 몸을 숨길 공간 위로 신발을 담은 카트 박스들이 잔뜩 쌓여 있는 구조였다.

그래도 운전석과 가까운 곳이라 홍종문과 벽을 사이에 두고 대화를 나눌 수는 있었다.

"천 선생님, 곧 지린 성으로 진입합니다."

"얼마나 더 가야 합니까?"

"지린 성에서 랴오닝 성까지는 4시간 정도 더 걸릴 겁니다."

선양이 랴오닝 성에 있기에 하는 말이다.

"고작 동북 방면일 뿐인데도 시간이 많이 걸리는 걸 보면 중국이 넓긴 넓군요."

"하핫, 너무 거대해서 지역 간의 빈부 차가 극심한 편이지요. 중앙의 정책이 지방으로 확산되는데도 시간이 많이 걸리고요. 어? 검문입니다."

"시간이 걸릴 것 같습니까?"

"글쎄요. 차량은 그리 많지 않은데 짐까지 조사하고 있는 걸로 보아 좀 걸리겠는데요?"

끼이이익.

홍종문이 차를 서서히 멈춰 세웠다. 담용도 숨을 죽였다.

때마침 경찰 복장을 한 이가 다가오는 것을 보고 홍종문이 물었다.

"무슨 일입니까?"

새파랗게 젊은 경찰이었지만 홍종문의 말투는 부드러웠다.

"검문이오, 응해 주셔야겠소."

"당연히 응해야지요. 짐을 내려야 합니까?"

"내용물이 뭐요?"

"신발입니다. 선양에 납품하러 가는 길이거든요."

"내리쇼."

"그러죠."

털컥.

홍종문이 차에서 내리자, 경찰이 트럭 뒤로 오더니 커튼박스를 무작위로 가리키며 말했다.

"저거 그리고 저기 안쪽에 있는 박스를 풀어 보시오."

경찰의 말에 홍종문이 미간을 잔뜩 찡그렸다.

"안쪽에 있는 박스까지요?"

"시키는 대로 하쇼."

"아놔, 그렇게 되면 짐을 전부 내려야 한단 말입니다."

아예 울상까지 짓는 홍종문이었지만 경찰은 막무가내였다.

"얼른 시키는 대로 하쇼."

"그럼 다시 짐을 꾸릴 때 도와줄 거죠?"

"지금 검문에 불응하는 거요?"

"에이, 그럴 리가요."

눈을 부릅뜨고 째려보는 눈빛에 홍종문이 목을 움츠리고 는 얼른 짐칸에 올랐다.

그사이 운전석으로 간 경찰은 이곳저곳을 살폈다. 심지어 는 차량 바닥까지 세밀히 살피는 열성을 보였다.

'젠장 할, 신참인 녀석이로군.'

원래 신참이 곧이곧대로 하는 법이다. 저런 녀석은 뇌물도 통하지 않는다.

뇌물을 줬다간 오히려 뇌물공여죄로 감방에 집어넣을 놈 인 것이다.

'이거 전부 저 자식들의 쇼야.'

중국의 공안이 본래 그렇듯 열성적으로 검문을 꼼꼼하게 할 리가 없다는 것을 누구보다도 홍종문이 잘 안다.

검문이 있을 때마다 뇌물을 받기 위해 신참을 먼저 내세워 곤란하게 만드는 것은 으레 있어 왔던 행사다.

홍종문은 신참 경찰이 보는 앞에서 검문에 불응할 생각이 없다는 듯 느린 속도로 커튼 박스를 한쪽으로 쌓으며 놈의 상관이 오기를 기다렸다.

'씨발 넘이 도와주지도 않을 거면서 깊숙이 있는 걸 꺼내 라고 하다니.'

신참이 일부러 골탕 먹이려는 건 아님을 안다.

저 녀석은 이게 쇼인지도 모르고 있을 테니 FM대로 제 할 일을 하고 있는 것이다.

그러나 속에서 천불이 일어나기는 마찬가지였다.

찌이익.

"윽! 그렇게 찢으면 어떡합니까?"

경찰 녀석이 밀봉해 놓은 테이프를 거칠게 뜯는 통에 종이 박스에 흠집이 나 버린 것이다.

"자꾸 시끄럽게 굴면 전부 조사할 거요."

'씨불 넘.'

그 말에 끽소리도 못 하고 입을 다무는 홍종문이다.

박스를 뜯어보고 신발임을 안 경찰이 다음 박스를 노리듯 쳐다보더니 화물칸에 올라섰다.

올라와서 조사하려는 태도에 식겁한 홍종문이 서둘러 박스를 들어 올렸다.

박스를 들어내자 담용이 숨은 공간이 드러났다.

"어? 조, 조심하시오. 흠집이 나면 납품을 못 한단 말이오!"

"거기 그대로 놓고 비키시오. 테이프만 뜯어보고 내려갈 테니까."

섦은 놈의 말투가 어째 살벌했다.

'아놔, 이번에는 다른가?'

각본대로라면 이쯤에서 상관이 슬그머니 나타나야 함에도

코빼기도 안 보였다.

어째 조짐이 조금 이상했다.

쫙! 쫘악!

'헉!'

경찰이 이제는 신발을 포장한 박스까지 뜯는 만행을 저지르고 있었다.

부르르르.

'씨파, 이걸 죽여, 말어?'

마음 같아서는 골백번도 더 쳐 죽이고 싶은 마음이었지만 그럴 수가 없어 시키는 대로 비켜서 있을 수밖에 없었다.

그사이 담용은 다른 박스로 슬쩍 공간을 가렸다.

최악의 경우에는 어쩔 수 없겠지만 일단 해 보는 데까지는 해 볼 심산이었다.

그런데 이상하게 긴장이 느껴지지 않고 평온했다. 마치 뭐든 잘 풀릴 것같이 말이다.

그때 또 다른 음성이 들려왔다.

"이봐, 왜 이리 시간이 오래 걸려!"

마침내 상관이 나타난 것이다. 저놈은 공안일 것이다.

'염병할 새끼. 오려면 좀 일찍 오든가?'

신발 포장 박스까지 뜯고 나서야 나타나면 뇌물을 줄 하등의 이유가 없다.

"내용물을 확인하는 중입니다!"

"새꺄, 너 또라이야?"

"예? 무슨 말씀인지 모르겠습니다!"

"인마! 사람이 그 쪼그마한 박스에 들어가서 숨을 수 있냔 말이다!"

"에? 그, 그게……."

신참 경찰은 마치 무슨 말이냐는 듯 의문의 표정을 짓고는 어정쩡하게 서 있을 뿐이다.

'어이구, 쇼를 해라, 쇼를.'

빤히 보이는 수작이었지만 신참 경찰에게 마치 억하심정이 있는 양 홍종문이 째려보는 척했다.

"으이그, 내가 저런 것들을 데리고 일을 하고 있다니 미친다, 미쳐! 언능 안 내려와!"

"넵! 내려갑니다."

"아이구, 이거 미안합니다. 다 망쳐 놨군요."

"오늘 납품할 상품인데……."

차에서 울상을 지은 홍종문은 원망 어린 눈초리로 신참 경찰을 노려보았다.

"하핫, 상부에서 검문을 강화하라는 통보가 와서 조금 빡세게 하다 보니 그렇게 됐으니 이해하시오."

실실 웃으면 다가오는 이놈은 공안 중에서도 유독 뇌물을 밝히는 녀석일 것 같아 홍종문을 더 이상 시간을 끌어서 좋을 게 없다는 생각에 미리 준비해 둔 돈을 슬쩍 쥐여 주었다.

"하하핫, 어디까지 가오?"

"선양입니다."

그 한마디와 함께 슬쩍 돈을 수납한 공안이 버럭 고함을 질렀다.

"인마! 뭐 하고 있어? 빨리 원래대로 해 놓고 통과시켜! 뒤에 밀린 차량들이 안 보이나?"

"넵!"

그렇게 시간을 보낸 뒤 화물차는 다시 출발했다.

"천 선생님, 저거 다 쇼인 거 아시지요?"

"쇼라고요?"

"그럼요. 저도 알고 당하는 겁니다. 오죽하면 공안들이 검문하라는 지시가 내려오기만을 기다리고 있다고 하겠습니까?"

"헐, 그 정돕니까?"

"말도 마십시오. 상부의 검문 지시가 없을 때는 지역의 공안 간부가 돈이 필요하다 싶으면 일부러 사건을 만들어서 돈을 긁어 대는걸요."

"중국도 슬슬 돈이 만능인 시대로 접어드는 것 같군요."

"개방한 이후로 빈부의 격차가 극악할 정도로 벌어지고 있는 상황입니다. 그래서 시골 촌구석에서 머리에 피딱지도 안 떨어진 꼬맹이들까지 돈을 벌기 위해 무조건 도시로 나오는 거지요. 그러다 보니 노동력이 풍부해졌죠."

"인건비가 싸겠군요."

"맞습니다. 공장 사장은 기술력보다는 그걸로 돈을 버는 거죠. 마치 한국의 70년대 같습니다. 그만큼 인권의 사각지대도 엄청 늘어나서 난리도 아닙니다."

'그런 원동력 덕에 미래에는 엄청난 경제 대국이 됩니다.'

속에 있는 말을 할 수 없었던 담용은 그저 듣기만 했다.

'쩝, 전쟁 영웅은 부하들이 흘린 피 위에서 탄생되고, 부자는 노동자들의 피와 땀을 짓밟고 태어난다는 말이 틀린 것은 아니지.'

언뜻 파시즘적인 말 같지만 현대를 살아가는 사람들이 보고 겪는 실상이다.

아무튼 검문을 우려해 휴게소도 쉬지 않고 달린 끝에 여명이 밝아올 때쯤 랴오닝 성에 진입했다.

이후로 또다시 내달린 끝에 마침내 목적지인 선양 시내로 들어설 수 있었다.

시간은 수차례의 검문으로 인해 다소 늦어 정오가 다 되어 있었다.

끼이익.

홍종문이 차를 세운 곳은 북한 식당 주차장이었다.

간판에 북한 고유의 붉은 글자체로 모란각이라고 쓰여 있다.

일부러 다소 으슥한 곳에 주차한 것이다.

차에서 내린 홍종문이 주변을 훑어보고는 말했다.

"내리셔도 됩니다."

그 말이 떨어지는 순간, 담용이 번개같이 화물칸에서 나와 어느새 홍종문의 곁에 섰다.

'헛!'

담용의 잽싼 몸놀림에 내심 헛바람을 내뱉은 홍종문이 어리둥절해할 때, 담용이 식당 출입구로 향하며 말했다.

"홍 선생, 일단 배부터 채우고 움직이죠."

"아, 예. 예."

'우와! 저 나이에…….'

담용이 화물칸에서 나오는 모습을 보지도 못한 홍종문이 걸어가는 내내 의문을 풀지 못하는 표정을 자아냈다.

담용이 북한 식당으로 들어간 그 시각, 선양 타오셴 공항에서는 갈색 머리카락의 백인이 게이트를 유유히 빠져나오고 있었다.

나이는 30대 중반쯤, 키는 그리 크지 않은 175센티 정도다.

그런 백인 앞으로 기다리고 있었다는 듯 다소 촐랑거리는 걸음걸이로 다가오던 젊은 사내가 만면에 웃음을 가득 머금은 채 말을 걸어왔다.

젊은 사내는 입술을 중심으로 원을 그린 구티 수염을 하고 있었고 눈꼬리가 치켜져 있어 조금 사나운 인상이었다.

"알렉스 씨죠?"

"......?"

"저는 세인트그룹의 선양 지사에 근무하는 카렌입니다. 마중을 나왔습니다."

"오! 고맙군."

묵직한 저음의 음성. 그런데 공명으로 웅웅대는 음색이다.

"짐은 제게 주시고 차로 가시지요."

"괜찮네. 앞장서기나 해."

"옙!"

하기야 단출한 가방 하나뿐이라 들어 주고 자시고 할 것이 없다.

카렌이 안내한 곳은 몇 걸음 되지 않는 공항 내 도로였다.

거기에 중후한 검정색 크라이슬러 차량이 정차되어 있었다.

딸깍.

"타시지요."

"고맙네."

알렉스가 뒷좌석에 탑승하자, 카렌이 운전석에 앉았다.

앉자마자 글로버 박스를 연 카렌이 밀봉된 비닐 봉투를 건넸다.

카렌이 드는 모양으로 보아 묵직한 내용물이 들어 있는 듯했다.

"드리면 알 거라고 했습니다."

"……."

말없이 비닐 봉투를 받은 든 알렉스는 그때부터 자신이 묵을 호텔에 도착할 때까지 눈을 감았다.

그런데 호텔은 5분도 채 되지 않아서 도착했다.

"알렉스 씨가 조용한 곳을 좋아하실 거라면서 시내 중심가보다는 공항 인근에 숙소를 정했습니다. 여기는 쉐라톤 리도 호텔로, 최고급입니다."

끼익.

차를 멈춘 카렌이 도어맨이 오기도 전에 내려서는 차 문을 열어 주었다.

"내리시죠."

"고맙군."

"숙소는 이미 제가 필요할 만한 것들을 구비해 놨습니다. 더 필요한 것이 있으면 여기로 연락을 주시면 됩니다."

카렌이 잘 접은 쪽지를 건네면서 말을 이었다.

"숙소까지 안내해 드리겠습니다."

"됐네, 수고했네."

그 말만 내뱉은 알렉스가 성큼성큼 걸어 호텔 안으로 들어

갔다.

잠시 후, 벨보이의 안내를 받은 알렉스가 자신이 묵을 숙소로 들어왔다.

벨보이에게 팁을 건넨 알렉스는 창가로 가더니 활짝 벌어져 있는 커튼을 닫았다.

차라라라락.

이어 뭐가 그리 급했는지 카렌이 건네준 비닐 봉투부터 열어 보는 알렉스다.

침상에 팽개치듯 늘어놓은 내용물은 이랬다.

가장 먼저 눈에 띈 것은 권총 한 정과 15발들이 탄창 세 개였다.

그런데 플라스틱 제품인 글록 17이다.

글록 17은 가볍고 소지하기가 간편해서 CIA나 FBI 또는 군과 경찰의 사랑을 한 몸에 받는 권총이다.

권총 외에 모토로라 휴대폰 하나, 성냥갑 같은 작은 상자 하나, 약간의 피아노 선, 소형 절단기, 마지막으로 낙서가 군데군데 칠해져 있는 지도였다.

알렉스가 성냥갑 상자를 개봉했다.

흰 지우개 같은 유동성 고체 덩어리가 나왔다.

바로 폭약의 대명사라 불리는 C4다.

물건들의 면면으로 보아 뭔가 음모의 냄새가 진하게 풍겼다.

카렌이 제 입으로 말한 세인트그룹의 선양 지사가 평범한 곳이 아니라는 것을 알 수 있는 대목이기도 했다.

꾸욱.

휴대폰을 든 알렉스가 숫자 한 자리 버튼을 길게 눌렀다.

도청이 불가능하도록 세팅된 휴대폰으로, 한 자리 버튼만을 사용할 수 있는 것과 또한 단 한 사람만이 통화가 가능한 휴대폰인 것이다.

―도착했다고 들었네.

"놈은 지도에 표시된 자리에 확실히 있는 거요?"

―자네가 오기 직전에 장소를 옮겼네.

"……?"

―걱정 말게. 퀵 서비스로 보냈으니까.

"알겠소."

―언제 실행할 건가?

"그건 내가 알아서 할 테니 접어 두시오."

―더 필요한 건?

"없소. 내일 아침에 떠날 테니 첫 비행기나 예약해 주시오."

―그러지. 가거든 코란트에게 안부나 전해 주게.

"그러지요."

―그 전화는 통화가 끝나고 2분 후에 자동적으로 폭발하면서 연소되니 참고하게.

찌익.

"shit(젠장)."

불퉁거린 알렉스가 화장실로 가더니 변기통에 휴대폰을
던져 버렸다.

그때, '띵동', '띵동' 하고 벨 소리가 났다.

퀵 서비스가 도착한 것이다.

구출 작전 II

랴오닝 성이 속한 동북 3성, 즉 길림성과 흑룡강성은 원래 만주다.

3성 중 랴오닝 성은 우리가 흔히 아는 요령성이다.

심양은 그중에서도 가장 발달된 도시라고 할 수 있었다.

쿠드드등!

묵직한 시동음을 낸 오토바이 한 대가 자정 정각에 모택동의 동상이 있는 중산광장에 그 모습을 드러냈다.

바로 임무에 착수하기로 한 담용이 탄 오토바이다.

중산광장을 중심으로 차량들이 전부 왼쪽으로 진행하다 보니 담용도 한 바퀴 빙 돌아서야 진입이 가능했다.

가장 먼저 눈에 들어온 광경은 거대한 동상이었다.

'코트를 걸친 모택동 동상이로군.'

그 아래로는 인민을 대표하는 공장 노동자, 농민, 광부 등을 표현한 무수한 조각상들이 사방을 돌아가면서 나열되어 있었다.

마치 동상의 주인이 민중으로 보일 만큼 조각상들이 모택동보다 더 돋보일 정도였다.

트드등. 트드드등. 끼익.

몇 번의 묵직한 소음을 끝으로 중산광장의 한적한 곳에 오토바이를 멈춘 담용이 발을 땅에 딛고는 헬멧을 벗었다.

그런데 그새 변장을 했는지 얼굴이 40대 중반에서 20대 청년의 모습으로 바뀌어 있는 것이 아닌가?

그러나 이런 모습 하나하나가 담용의 치밀한 성격을 말해주고 있었다.

복장 또한 오토바이족답게 갖춰 입은 것이 맞지만 눈에 띄는 것을 고려해 간편한 복장이었다.

'일단 덮어 두는 게 낫겠지?'

중산광장에는 아직 아베크족들이 귀가하지 않고 데이트를 즐기는 모습이 간간이 보였다.

고로 혹시라도 도난을 당하면 낭패였기에 의자 뚜껑을 열어 천 덮개를 꺼내 오토바이를 감추듯 씌웠다.

담용의 발걸음이 청나라 초기의 황궁이었던 심양고궁으로 천천히 향했다.

중국 국가안전부 선양 지부가 고궁 근처에 있기 때문이다.

5분가량 그렇게 걸었을까?

세련됐다기보다 다소 투박해 보이는 외관의 아파트가 도로를 끼고 쭈욱 나열되듯 서 있는 거리가 나왔다.

담용은 차량이 뜸해진 도로를 가로질러 건너고는 곧바로 상호가 KTN인 호텔 뒷골목을 몸을 숨기듯 재빨리 접어들었다.

'저 건물이군.'

눈앞에 일제의 잔재인 양, 꽤나 오래된 3층 석조 건물, 그리 크지는 않다.

국가안전부 지부답게 조금은 음습한 모습.

경비가 없는 정문은 철문만 굳게 닫혀 있었다.

'정원을 가로질러 가기는 무린가?'

제법 넓은 정원은 조성이 잘되어 있어 현관을 지키는 경비에게 노출될 염려가 있었다.

그나마 음습한 건물의 침침한 이미지를 조금이나마 희석시키고 있는 것이 깔끔한 정원이었다.

'일단 뒤로.'

국정원 요원들도 선양 지부의 내부 구조를 알지 못했는지 담용에게 전해 준 정보가 없었다.

어쩔 수 없이 맨땅에 헤딩하는 식으로 접근할 수밖에 없는 처지.

낮에 답사를 하지 못한 것은 시간이 없기도 했지만 혹시라도 감시 카메라에 노출될까 저어한 이유가 더 컸다.

아직은 거리가 있어 감시 카메라의 영역 밖이지만 이미 한눈에 위치를 파악한 상태다.

다만 감시 카메라를 무용지물로 만든 순간부터는 빠르게 움직여야 한다.

감시 카메라 센터에서 이상 징후를 아는 즉시 움직일 것이 빤하기 때문이다.

석조 건물의 뒤로 돌아가던 담용은 금세 모퉁이의 감시 카메라를 발견하고는 염력으로 방향을 틀었다.

하늘 쪽이다.

그런데 막다른 골목이다.

골목이 막힌 것을 안 담용이 그 즉시 담장을 딛고는 뛰어넘었다.

크르릉.

'어? 뭐야?'

서로가 난데없었는지 사람과 개가 둘 다 깜짝 놀랐다.

바닥에 엎드려 있던 개가 담용에 나타나자, 벌떡 일어서더니 으르렁거리는 것이다.

털이 유난히 북실한 놈이다.

'쉿!'

담용은 당장 애니멀 커맨딩을 발현시켜 개와 친화력을 도

모하려 애썼다.

배틀 사이킥의 능력은 모자란 담용이었지만 이런 오밀조밀한 분야는 자신이 있었다.

감시 카메라와 경비견 한 마리만 달랑 지키게 한 것은 아마도 좁은 뒤뜰이어서 그런 것 같다.

'어? 그렇지도 않은가?'

그러고 보니 담장 아래에 간이 초소라고 할 만한 패널로 만든 조그만 집이 있긴 했다.

하지만 어쩐 일인지 사람은 없다.

할짝할짝.

금세 교감이 이루어졌는지 북실이 녀석이 다가와 연방 혀로 핥아 댔다.

'그래, 그래. 하! 이놈을 어떻게 하지?'

아무래도 졸래졸래 따라올 것 같은 예감이다.

아차산에서도 다람쥐가 끝까지 달라붙는 통에 곤혹스러웠던 담용이다.

애니멀 커맨딩의 기본이 부드러운 성정을 밑바탕으로 하다 보니 짐승들이 위협적인 존재로 보지 않기 때문이다.

뭐, 애니멀 커맨딩의 부작용(?)이랄까.

'옳지, 이놈을 이용해 소란을 떨게 하면 틈이 생길 수도 있겠구나.'

석조 건물이 으레 그렇듯 밋밋한 구조라 숨거나 잠입할 곳이 별로 없다.

유리창도 작은 데다 딛을 곳도 마땅찮다.

북실이를 보아하니 털이 매끄러운 게 꽤 사랑을 받고 있는 애완견 같았다.

씻기지 않고 먹이만 주는 개라면 이렇듯 깔끔할 리가 없다.

견종은 생각나는 게 차우차우밖에 없다. 하지만 이놈이 그놈인지는 잘 모르겠다.

'후훗, 이제부터 네 이름은 북실이다.'

담용은 북실이(?)를 쓰다듬으며 녀석과 교감하기 위해 애를 써야 했다.

쑤욱.

어느 순간, 꽉 막혔던 뭔가가 뻥 뚫리는 기분이 느껴졌다. 교감의 신호였다.

'됐다.'

다람쥐에 이어 또 한 번의 성취감에 왠지 뿌듯해지는 담용이다.

'그래, 착하지. 어서 짖으면서 네 힘이 얼마나 좋은지 보여 줘.'

크르릉! 컹컹컹컹……

녀석은 알아들었는지 다람쥐와 마찬가지로 고개를 끄덕이며 펄쩍펄쩍 뛰기 시작했다.

'짜식, 목청도 우렁차지.'

슬며시 미소를 띠던 담용이 정원으로 향하는 녀석을 따라가다가 현관 경비가 북실이에게 한눈을 파는 사이 유령처럼 안으로 들어섰다.

완전한 고스트 트릭 수법은 아니었지만 그래도 약간은 묻어 있는 수법이라 경비가 감지했더라도 그저 바람이 불었나 싶었을 것이다.

역시 석조 건물이라 몸을 은신할 만한 곳이 별로 없어 아쉬운 대로 석조 기둥에 바짝 밀착했다.

컹컹컹! 크르릉. 컹컹.

'크크큭, 북실이 녀석, 잘하고 있네.'

녀석이 정원에서 발작하듯 날뛰자, 효과는 대번에 나타났다.

야심한 시각에 개가 날뛰자, 이를 수상하게 여긴 안전부 요원들이 하나둘씩 밖으로 튀어나오기 시작한 것이다.

우르르르.

북실의 발광에 요원들이 한꺼번에 계단을 타고 내려왔다.

그런데 단 한차례 몰려나오고는 끝이다.

'응?'

지부 요원들치고는 숫자가 너무 적다.

'퇴근해서 그런가?'

하기야 자정이 훌쩍 지났으니 그럴 법도 했다.

'안 되겠다. 지하로⋯⋯.'

필시 지하에 갇혀 있을 것이다. 없다면 3층까지 조사하면 된다.

송수명 지점장의 옷 조각이 있으니 사이코메트리를 시전하면 못 찾을 리가 없다.

"침입자다!"

"정원 쪽이다!"

몇몇 요원이 부산을 떠는 가운데 고함 소리가 들려왔다.

"모두 조용—!"

그 한마디에 북실이가 짖어 대는 것 외에 잠잠해졌다.

"한국 놈들이 침입했는지 모르니 모두들 침착하게 행동하라. 짱쯔, 포룽."

"옛!"

"너희 둘은 뒤뜰로 가 봐!"

"옛!"

"꿔량, 서쪽을 살펴! 메잉은 동쪽이다! 나머지는 나를 따른다. 어서 움직여!"

마구잡이로 움직일 것 같던 요원들이 지휘자의 몇 마디에 정리가 되면서 건물 주위를 샅샅이 살피기 시작했다.

그러나 북실이는 여전히 짖어 대기를 멈추지 않고 있었다.

"아니, 저 녀석이 미쳤나? 우리가 나오면 조용해지던 녀석이 오늘따라 왜 저래?"

"삼바! 조용히 하지 못해!"

북실이 이름이 삼바인 모양이다.

"통휘 어디 갔어? 그가 아니면 달래지 못한다고!"

"통휘는 아까 낮에 빠오주점으로 갔잖아?"

"아, 맞다. 요원들 대부분이 그리로 갔지."

"쉿, 그 말을 크게 하면 어떻게 해?"

"아! 실수."

그런데 그 말이 막 지하로 내려가려던 담용의 걸음을 멈추게 했다.

눈과 귀를 차크라로 활짝 열고 있었던 담용이 듣지 못할 리가 없었던 것이다.

'뭐라? 빠오주점?'

담용은 얼른 속옷 조각을 꺼내 사이코메트리를 발현시켜보았다.

지하로 들어서는 순간, 꺼내려던 송 지점장의 속옷 조각이다.

'이런, 반응이 극도로 희미해!'

흔적이 극도로 희미해졌다는 것은 송 지점장이 여기에 없다는 소리다.

아니, 머물다가 다른 장소로 옮겨졌다는 뜻.

그러나 확신이 들지 않아 머뭇대는 담용이다.

사이코메트리 수법 역시 여느 수법들과 마찬가지로 확실

히 자기 것으로 만들지 못한 데서 오는 자신감의 결여였다.

'여길 포기했다가 만약에 일이 잘못된다면…….'

불안했던 담용이 다시 한 번 차크라를 운기해 사이코메트리를 발현시켰다.

이번에는 차크라로 코를 예민하게 만들어 후각까지 동원했다.

물론 당연히 사이코메트리는 후각이 주가 아닌 심사에 떠오르는 영상이 메인이다.

그럼에도 달라진 것이 없다.

결단은 빠를수록 좋은 것.

'여긴 포기한다.'

결단을 내린 담용이 어수선한 밖을 살피더니 다시 한 번 유령처럼 밖으로 사라졌다.

하지만 뒤뜰 역시 안전부 요원들이 간 상태라 어쩔 수 없이 현관 기둥을 타고 정신없이 지붕으로 올라갔다.

그때 눈치 없는 북실이 녀석이 담용의 냄새를 맡았는지 맹렬하게 달려오면서 짖어 댔다.

컹컹컹컹…….

'이크, 저 녀석이…….'

이 역시 애니멀 커맨딩이 경지에 이르지 못해 벌어지는 현상이었다. 경지에 이르렀다면 보다 구체적인 지시를 북실이에게 전할 수 있었을 것이다.

'북실아, 미안. 다음에 보자.'

글쎄다. 다음에 볼 수 있을지.

정만 주고 훌쩍 떠나 버리는 매정한 인간이 되겠지만 지금은 탈출이 먼저였다.

안전부 요원들이 북실이를 따라왔을 즈음, 담용은 이미 담장 밖으로 탈출한 뒤였다.

'어째 초장부터 일이 여의치 않네.'

선양 지부 쪽을 힐끗 돌아본 담용이 아직도 불이 환히 켜져 있는 것을 보고는 급히 휴대폰의 버튼을 눌렀다.

-천 선생님, 성공했습니까?

"그게…… 송 지점장이 이곳에 없었습니다."

-예? 거기에 없다니요?

"분명히 없었습니다. 혹시 빠오주점이라는 곳을 압니까?"

-빠오주점요?

"예, 안전부 요원들이 대화하면서 나온 말입니다."

-이런! 그쪽으로 옮긴 것 같습니다. 저도 그곳은 잘 모르니 잠시만…… 곧 연락을 드리겠습니다.

"시간이 없습니다."

-알고 있습니다,

탁!

전화를 끊은 담용이 오토바이가 있는 중산광장으로 내달리기 시작했다.

BITDER
BOOK

차도살인

빠오주점이 멀리 있는 줄 알았더니 선양고궁 뒤쪽, 그러니까 선양 지부와는 완전히 반대쪽에 위치해 있었다.

이미 오토바이로 빠오주점 주변을 한 바퀴 돈 후다.

지금은 빠오주점의 사각지대인 가로수에 오토바이를 걸쳐 놓고는 팔짱을 낀 채 어떻게 잠입할지를 궁리하는 중이다.

그러니까 빠오주점과는 12차선을 사이에 둔, 제법 먼 거리를 두고 있는 실정이다.

이놈의 동네는 뭐든 쓸데없이 크고 굵직하고 길었다.

자정을 넘긴 시각이긴 하지만 지나는 차량은 뚝 끊겼는지 주변은 마치 유령 도시로 바뀐 것 같다.

하기야 아직까지는 자전거가 대세이고 주요 교통수단이니

이해할 만했다.

'사합원이라니.'

가옥의 구조 중에 동서남북이 방으로 둘러싸여 있고 중앙에 네모난 정원을 둔 형태가 사합원이다.

'한족들의 대표적인 정통 주거 형태가 선양에 있다는 것이 조금 의외군.'

그래서인지 척 봐도 마치 한국의 요정 같은 냄새가 났다.

선양은 청나라의 발원지나 다름없다. 선양고궁이 초기 청나라의 황궁이었던 것이 이를 증명하고 있었다.

그런 탓에 한족들이 선양을 꺼리는 점이 없지 않다. 그리고 그 점이 조선족들에게는 쉽게 터를 잡을 수 있는 이유가 됐다.

그곳이 서탑가다. 영어로는 코리아타운.

-천 선생님, 빠오주점은 바로 선양 지부에서 운영하는 고급 술집이랍니다. 그리고 방금 망원들에게 전해 들은 말인데요. 빠오주점에 얼마 전부터 기관원으로 보이는 사람들이 갑자기 많아졌다고 합니다. 제 생각에는 송 지점장님이 거기로 이송돼 갇혀 있는 걸로 보입니다. 아! 영업은 그대로 하고 있답니다. 물론 지금 이 시간에는 문을 닫았고요.

홍종문의 말을 떠올려 본 담용의 눈에 안전국 요원들이 정문은 물론 요소요소에 배치되어 있는 것이 보였다.

얼핏 티를 내는 것처럼 보이지만 그거야 담용처럼 알고 봐서 그런 것이지 모른다면 빠오주점이 어떤 폭력 조직의 보호를 받는 것으로 생각할 것이다.

'시간이…….'

새벽 12시 30분.

선양 지부에서의 일 탓에 아무런 소득 없이 30분이나 허비한 셈이 됐다.

그래도 계획된 시간까지는 아직 1시간 30분이라는 여유가 있다.

그런데 저토록 삼엄한 경비를 뚫고 잠입하게 되면 인명 피해가 속출할 수밖에 없다.

담용은 되도록이면 인명 피해 없이 송 지점장만 구출해 내기를 바랐다.

고민이 거기에 있는 것은 대련까지 무사히 가야 하기 때문이었다.

만약 인명 피해가 생긴다면 선양을 빠져나가기도 전에 사면초가에 직면할 것이다.

'어떻게 잠입한다?'

참나, 가라고 하니 오긴 했지만 제대로 된 정보가 없다 보니 마땅한 대책이 없다.

정보의 부재로 인해 하나에서 열까지 스스로 이루어 내

야 하는 터라 일이 전격적이지 못하고 자꾸만 삐걱대는 기분이다.

틱. 틱. 틱.

사합원을 바라보며 가로수 옆의 애먼 전봇대만 두드려 대는 담용이다.

그러다가 문득 전봇대를 다시 쳐다보고는 고개를 들어 위로 올려다보았다.

'그래, 저걸 이용하면⋯⋯.'

전깃줄이다. 이것도 쓸데없이 높아 까마득하다.

마침 자신에게는 성주산에서 차크라를 수련할 때마다 저절로 공중으로 부양되는 능력이 있었다.

신기해서 이름까지 붙였다. 에어 플라이air fly라고.

기실 초능력 중에 에어 플라이라는 수법이 있었지만 담용이 모를 뿐이다.

경지에 이르면 사람이 빌딩과 빌딩 사이를 자유자재로 건너뛸 수 있으며, 더 나아가 무한한 경지에 이르게 되면 하늘을 날 수 있다고까지 했다.

믿거나 말거나지만 분명히 기술되어 있었다.

아무튼 그 능력을 이용해 전깃줄을 타고 건너간다면⋯⋯.

더구나 이곳 전봇대에서 사합원으로 전깃줄이 연결되어 있으니 안성맞춤이다.

전기선도 제법 굵직했다. 이는 사합원이 전기를 쓰는 용량이 장난이 아니라는 뜻이다.

어쨌든 가는 선보다는 나을 테니 잘된 셈이다.

그러고 보니 오늘이 그믐이라 마침 달빛 한 점 없는 것도 신의 계시인 것 같다.

9월 28일은 음력으로 9월 1일인 것이다. 즉, 달이 보이지 않는 날이다.

묘안이 떠올랐으면 머뭇댈 것 없다. 다른 묘안도 없었고, 떠올릴 시간도 없다.

'죽기 아니면 살기지 뭐. 가자고.'

담용은 그 즉시 행동에 나서려다가 멈칫했다.

'가만…… 경솔해서는 안 되지.'

담용이 가진 무기라야 고작 비수 하나와 쇠구슬 정도다.

비수는 접근전 시에 쓰는 무기였고, 쇠구슬은 원거리 공격 시에 쓸 암기였다.

'무기가 너무 빈약한가?'

홍종문이 권총을 줄 때 받을 걸 그랬나 하는 후회가 밀려들었다.

'지금 없는 걸 후회해 봤자 소용없지.'

그보다 먼저 자신이 가장 자신 있는 초능력은 다시 점검해 보는 것이 우선이다.

그것도 이 시기에 가장 적합한 초능력이어야 했다.

송 지점장을 찾아야 하니 사이코메트리의 무장은 당연했

다.

또한 혹시라도 적과 부딪쳤을 때를 대비해 몸을 보호할 사이킥 맨틀(염동장막), 이건 담용이 가장 자신하는 수법이기도 하다.

애석한 것은 써먹을 기회가 없었다는 것.

물론 케이힐처럼 무식할 정도의 바위덩이 세례 공격이라면 피하고 만다.

그 정도 위력이라면 피 떡이 되기 전에 36계, 즉 주위상계가 특효다.

권총 총알 정도라면 또 몰라도.

극서도 난사라면 자신이 없다. 한두 방 정도라면 몸빵으로 가능했다.

그다음은?

'젠장 없구나.'

고스트 트릭 수법을 전개할 수 있다면 구출은 일도 아닐 것을.

한번 생각해 보자.

고스트 트릭을 이용해 벽이든 뭐든 가로막는 것들을 모조리 통과해 사람을 구출한다.

다음은 구출한 사람을 앞에 내세워 탈출하면서 자신은 벽체 속에서 걸어간다.

앞을 가로막는 적들을 권총으로 빵빵 쏴 댄다.

영문도 모르고 당하는 적들은 속수무책으로 쓰러진다.

초능력자는 사람을 데리고 유유히 호굴을 빠져나온다.

뭐 이렇게 쉬운 일이?

그래도 통쾌하지 않은가.

생각만 해도 짜릿했던 담용이 주먹을 불끈 쥐었다.

'반드시 지리산으로 간다.'

자괴감이 들어 또 한 번 다짐해 보는 담용이다.

마치 지리산으로 가면 신선이라도 되는 양, 지금은 그것이 목표인 담용이라 그 무엇으로도 말릴 수가 없을 것 같다.

'일단 구출해 놓고 보자.'

시간이 속절없이 흘렀다.

모래 한 줌 움켜쥔 손가락 사이로 쉼 없이 흐르는 시간은 금세 지나가 벌써 30분이 지났다.

옷매무새를 다시 점검한 담용이 사합원을 힐끗 쳐다보고는 전봇대를 오르기 시작했다.

다람쥐는 아니었어도 전깃줄이 있는 곳까지 오르는 데는 크게 무리가 없었다.

사위가 캄캄하다 보니 아래를 내려 봐도 어지러움 따위가 없어서 좋다.

게다가 덤으로 사합원 안에서 뜰을 거닐며 경비를 서고 있는 안전부 요원들까지 확인할 수 있었다.

게다가 달도 없는 캄캄한 하늘을 올려다볼 일도 없으니 마음 푹 놓고 건너가면 되었다.

'이제 가 볼까?'

스윽.

꼿꼿이 선 채 오른발을 조심스럽게 내디뎠다.

흔들흔들.

발을 딛자마자 흔들대는 전깃줄이 마치 저승으로 향하는 길목처럼 다가오는 기분이다.

'침착하게. 침착하게.'

스스로 마인드 컨트롤을 하면서 차크라를 발바닥과 몸의 균형을 잡는 데 집중시켰다.

'후우읍.'

스윽.

안정이 됐다 싶은 마음에 심호흡을 하고는 왼발을 내디뎠다.

흔-들.

몸이 휘청하는 것을 팔로 균형을 잡았다.

그리고 또 한 걸음, 두 걸음, 세 걸음, 넷, 다섯, 여섯…….

걸음이 보태질수록 심신이 안정되는지 내딛는 자세가 갈수록 자연스러워지고 있었다.

그렇게 보는 이로 하여금 가슴이 조마조마, 위태위태, 아슬아슬하도록 내딛다 보니 어느새 중간쯤 왔다.

그러다가 담용이 뭘 보고 충격을 받았는지 전신이 휘청한다 싶더니 가까스로 균형을 잡고는 오도 가도 못하고 멍하니 서 있지 않은가?

몸은 얼음이 됐지만 그렇다고 뇌까지 멈춘 것은 아니어서 눈동자가 쉴 새 없이 움직였다.

'뭐, 뭐야? 저게 어찌 된 일이야?'

담용의 눈에 비친 장면은 사합원 정문을 지키던 경비원들이, 아니 안전부 요원들이 맥없이 픽픽 나자빠지고 있는 모습이었다.

'아니, 대체……'

그러나 의문은 금세 가셨다.

길 건너편에서 그림자 하나가 불쑥 튀어나오더니 사합원의 정문으로 향하는 것이 아닌가?

'엉?'

그림자의 모습은 전신이 새까만 검정색 야행복 일색이었다.

그것도 전신의 굴곡이 온전히 드러나는 쫄티에 복면까지 한 차림이다.

이게 웬 난데없는 일이란 말인가?

그러다 어느 순간, 담용은 눈알이 튀어나올 정도로 기함을 했다.

도로를 건너오던 사람이 정문 앞에서 갑자기 사라져 버린 것이다.

"······!"

검은 인영을 찾기 위해 주변을 두리번거려 보았지만 쓰러진 안전부 요원들 외에는 쥐 새끼 한 마리도 보이 않았다.

'어디로 간 거야?'

상황 파악이 먼저라 담용은 외줄을 탄 채 꿈쩍도 하지 못했다.

툭. 투둑.

'어?'

그러고 보니 조금 전에도 둔탁한 소음을 들은 것 같기도 해서 얼른 시선을 돌리니 사합원 안에서 경비를 서던 안전부 요원들이 픽픽 쓰러지고 있는 것이 눈에 들어왔다.

'헉! 어, 언제······?'

어느 결에 사합원으로 들어왔는지 경악하기는 했다.

사합원 뜰로 들어오는 것을 보지 못한 것이다.

놈이 담장을 넘지 않았다는 것은 자신 할 수 있다. 눈을 부릅뜨고 있었으니까.

하지만 그 와중에 검은 인영이 소음기를 부착한 총을 사용한다는 것을 알았다.

검은 인영과 담용이 동시에 사합원에 볼일이 있다는 것이었다.

얼핏 보기에도 살인에 특화된 킬러 같다.

뭔가 조심스러워하거나 허리를 숙이거나 하는 일체의 동

작도 없이 뻣뻣이 선 채 걸어가며 무감각한 감정으로 죽이는 것 같다.

저건 절대 재미삼아 죽이는 행동이 아니었다.

'도대체 몇 명을 죽인 거야?'

하나, 둘, 셋, 넷, 다섯, 여섯, 일곱, 여덟…… 명이다.

'저 자식은 무슨 목적으로 온 거야?'

담용은 잠시 지켜보면서 검은 인영의 동태를 살피기로 했다.

마음만 먹으면 순식간에 뜰로 내려갈 수 있었기에 가지는 여유였다.

'얼ㅡ!'

검은 인영이 정문의 걸쇠를 따고 나가더니 쓰러진 안전부 요원들을 질질 끌고 들어와 으슥한 나무 밑에 숨기는 것이 아닌가?

캄캄한 밤이라 잘 살피지 않으면 찾을 수 없을 것 같다.

뜰을 한번 훑어본 검은 인영이 유유히 모퉁이를 돌아 뒤뜰로 향했다.

허공의 떠 있다시피 한 담용의 시선에 고스란히 잡히고 있으니 모를 리가 없다.

'저런!'

뒤뜰 역시 눈에 들어오는 안전부 요원만 여섯 명 정도다.

당연히 경비를 서고 있는 중이었다.

사합원의 규모가 그리 큰 것이 아니어서 경비견 같은 건 없는 것 같다.

기관에서 주점을 운영하는 이유는 첫째가 정보의 취합이고 둘째가 자금 조달을 하기 위함이다.

툭! 투둑! 툭툭툭.

놈은 뒤뜰로 들어서자마자 경비를 서고 있던 안전부 요원들을 무참하게 살해했다.

안전부 요원들은 소리 없는 암살자를 전혀 눈치채지 못한 채 당하고 말았다.

'어허, 정말 잔인한 놈일세.'

벌써 열네 명을 살해했다.

이 정도면 선양 지부 안전부 요원들이 거의 전멸했다고 해도 과언이 아니다.

그것도 전투 요원들만.

놈이 후문 현관으로 향하고 있는 것이 눈에 잡혔다.

'놈이 들어가면……'

괜찮은 생각이 떠올랐다.

놈의 목적이 무엇이든 잠입이 한결 쉬워진 것이다.

'백 도어back door 작전으로 전환해야겠구나.'

백 도어는 '뒷문이 열렸다'는 의미다.

이는 자신을 공공연히 드러내지 않고도 들락거릴 수 있음을 뜻하는 것으로, 지금 같은 경우는 침입한 강도가 집주인과 싸우는 틈을 타서 도둑이 들어 몽땅 훔쳐 가는 격이다.

'나도 움직여야겠군.'

얼른 뒤따라 가 볼 생각에 담용이 발바닥을 단단히 고정시킬 때였다.

'헛!'

담용의 입에서 경악에 찬 헛바람이 튀어나왔다.

휘청!

'윽! 이런!'

하마터면 낙하할 뻔했던 담용의 눈이 찢어지도록 커져 있었다.

'헉! 귀, 귀신?'

후문으로 향한다 싶은 검은 인영이 한순간에 사라져 버린 것 때문에 담용이 균형을 잃은 것이었다.

'헉! 사, 사라졌어.'

이번엔 두 눈으로 똑똑히 봤다.

검은 인영이 그냥 후문을 스며들듯이, 그러니까 마치 후문이 빨아들인 것처럼 사라져 버린 것이다.

귀신을 본 것만 같아 온몸의 세포와 신경다발이 일제히 곤두섰지만 정신을 차렸다.

'이럴 때가 아니다.'

담용의 발놀림이 빨라지더니 잠시 후, 무인지경인 사합원의 뒤뜰에 가볍게 착지했다.

그 즉시 염력으로 후문 현관에 달린 감시 카메라부터 조치했다.

'이게 필요할지 모르겠군.'

죽은 안전부 요원의 권총을 쥔 담용이 후문 현관으로 빠르게 접근했다.

그 와중에 슬라이드를 당겨 방아쇠를 당기면 언제든 발사가 가능하도록 했다.

문을 열어 보았지만 잠겨 있었다.

불끈.

우두둑.

손아귀에 힘을 주고는 손잡이를 통째로 부숴 버리고는 살며시 안으로 들어섰다.

들어서기 전에 이미 사이킥 맨틀을 발현시킨 상태였고, 손아귀에는 죽은 안전부 요원의 권총이 쥐인 상태다.

당연히 두 손에는 라텍스 장갑을 낀 채다. 지문이 남으면 곤란하니까.

가장 먼저 눈에 들어온 것은 길게 뻗은 복도였지만 쥐죽은 듯 조용했다.

지체할 수 없었던 담용의 걸음이 빨라졌다.

그러다 멈칫한 것은 붉은색 치파오를 입은 여성이 쓰러져 있는 모습을 본 때문이었다.

그것도 세 명으로 전부 여자다.

'이 자식…… 남녀를 가리지 않는 사이코였구나.'

일단 송 지점장을 구한 뒤 만나게 되면 필히 응징하리라고 마음먹은 담용이다.

송 지점장의 속옷 조각을 꺼낸 담용이 사이코메트리를 발현시켰다.

가까이 있다 보니 대번에 위치가 파악됐다.

'3층.'

사합원의 가장 꼭대기 층이다.

담용의 발이 더 빨라졌다. 뭔가 불안한 예감이 들었던 것이다.

그런데 놈 역시 3층으로 향했는지 계단에도 널브러진 남녀 시체 두 구가 있었다.

두 사람 모두 같은 붉은 가운 복장인 것으로 보아 빠오주점 직원들이다.

'이놈이!'

시체가 많아질수록 분노가 치밀었다.

그래도 놈이 전부 처리해서 걸리적거리는 건 없어 3층으로 순식간에 올라섰다.

올라서고 보니 복도 중간 지점이다

사이코메트리가 전에 없이 진한 기운을 전해 왔다.

송 지점장이 가깝게 있다는 뜻이다. 그러나 놈은 보이지 않았다.

사합원의 구조가 말 그대로 중앙이 빈 정사각형이다 보니 복도 역시 꺾인 곳이 네 곳이어서다.

다행히 더 이상 쓰러진 종업원들은 보이지 않았다.

아! 우측 끝 코너 부분에 쓰러진 종업원이 한 명 있긴 했다. 그것이 놈이 우측으로 갔다는 증거가 됐다.

어쨌거나 놈이 살해한 인원만 해도 벌써 스무 명째다.

'내일 난리가 나겠군.'

놈으로 인해 송 지점장 일에도 지장이 있을 것 같다.

'왼쪽? 오른쪽?'

놈을 먼저 처치할까 싶은 생각이 없지 않았지만 본연의 임무가 먼저라 왼쪽으로 향했다.

생각해 보니 이러다가는 자칫 놈에게 애먼 송 지점장까지 살해당할 수 있을 것 같았다.

놈은 그저 살인마이지 그 이하도 그 이상도 아니었다. 진정한 킬러라면 목표로 한 인물만 노려 암살하고 사라진다.

코너 부분에 오자 사이코메트리가 전하는 기운이 더 짙어졌다.

코너를 돌자마자 송 지부장이 머물고 있다는 뜻이다.

스윽.

코너를 돌기 전에 머리부터 살며시 내밀었다.

'그러면 그렇지.'

방문 앞 의자에 앉은 보초가 끄덕끄덕 졸고 있는 모습이다.

'왜 이리 쉬워?'

모습을 드러낸 담용이 터벅터벅 걸어 한순간에 수도로 내리쳐 보초를 기절시키고는 신음도 내지 못하고 고꾸라지려는 보초를 붙잡아 한쪽으로 치웠다.

담용이 문을 열었다.

보초가 있어 잠그지 않았는지 문이 힘없이 열렸다.

의자와 함께 회전 원형 식탁이 한가운데 놓여 있는 붉고 화려한 실내의 모습이 들어왔다.

얼핏 봐도 예약한 손님들이 음식을 먹는 방이다.

이로 보아 송 지부장이 갇혀 있으면서도 그다지 욕을 본 일은 없는 것 같다.

식탁에 머리를 처박고 자고 있던 송 지부장이 문을 여는 소리에 억지로 고개를 들었다.

중년인, 바로 사진으로 봤던 송수명 지부장이었다.

묶여 있거나 몸이 제어된 것 같지는 않았다.

부스스한 머리카락에 졸린 눈.

낯선 이의 방문임에도 그 어떤 감정도 드러내지 않은 무표정.

심드렁해하는 기색.

인생의 볼 꼴 못 볼 꼴 다 겪은 얼굴이라면 아마도 저런 모습일 게다.

초췌해진 모습에 연민이 일었지만 그 전에 확인이 필요했다.

껍데기가 똑같다고 해서 송 지부장일 것이라고 생각하면 오산이다.

현대는 체포한 첩보원의 뇌까지 샅샅이 파헤쳐 정보를 취득하는 고차원의 기술이 판치는 세상이다.

뇌가 파헤쳐졌다면 안됐지만 아웃시켜야 한다.

고로 암호로 확인을 하기 전까지는 지부장 대우를 해 줄수가 없는 것이다.

암호를 알고는 있지만 제대로 말하지 못하고 황설수설하게 되면 그 역시 아웃이다.

생사를 넘나드는 첩보원이라면 그런 경우 응당 그럴 것으로 알고 있다.

담용 역시 송지부장 같은 입장이라도 예외일 수가 없다.

"12345."

담용의 입에서 뜬금없이 유치하게 나열된 숫자가 흘러나왔다.

"……!"

그런데 다 죽어 가던 송수명이 그 한마디에 눈에 생기가 돌았다.

유치한 숫자의 나열이지만 암호였던 것.

잠시 담용을 쳐다보던 송수명도 이곳이 어딘지, 또 눈앞의 젊은이가 사선을 뚫고 들어왔음을 알기에 지체하지 않았다.

"66666."

송수명의 대답에 담용이 빙긋 웃으며 다가왔다. 암호가 맞았기 때문이다.

아울러 아웃시키지 않아도 된 것이 다행이라 여겨 웃음을 머금은 것이다.

"회사에서 보내서 왔습니다."

"아-!"

"가시지요, 시간이 별로 없습니다."

"그, 그래요."

움직이는 데는 지장이 없었던지 송수명의 곧바로 일어나 출입문으로 나왔다.

"내게도 권총을 주게."

"없습니다. 그리고 총소리를 낼 수가 없습니다."

"……?"

"잠시만요."

살며시 문을 연 담용이 복도를 살피자 인기척이 잡히지 않았다.

"의외의 일이 발생했습니다."

"엉? 무슨……?"

"저 말고도 어떤 킬러가 잠입해서 사람들을 무차별로 죽이고 있거든요."

"누, 누가?"

"모릅니다. 그로 인해 탈출이 여의치 않을지도 모릅니다. 그러니 무조건 제 뒤만 보고 따라오십시오."

"그, 그러지."

살짝 긴장하는 송수명을 뒤에 두고 담용이 출입문을 나섰다.

그런데 호사다마라고나 할까?

퍽! 퍼퍽! 피앙! 파아앙-!

별안간 벽체에 흠집이 나면서 유탄이 튀었다.

때마침 사합원의 복도를 돌아온 검은 인영이 담용과 송수명을 발견하고 다짜고짜 권총을 발사한 것이다.

'이크!'

재빨리 몸을 숙인 담용이 송수명을 감싸듯 안고는 등을 밀었다.

타타타타…….

코너를 돌자마자 놈이 달려오는 발소리가 들렸다.

"놈입니다."

"……!"

"제 말을 듣고 그대로 행동하십시오. 이곳 지리를 잘 아시리라고 봅니다. 중산광장으로 가면 구석진 곳에 오토바이가 천에 싸여 있을 겁니다. 거기서 기다리십시오. 여기…….."

담용이 오토바이 열쇠와 휴대폰을 건넸다.

"5분 안에 제가 오지 않으면 떠나십시오. 떠나면서 0번을 누르십시오."

0번을 누르면 홍종문이 받을 것이다.

"빨리 가요!"

"이 사람……."

"어서요!"

그 말이 끝난 순간 담용이 권총을 내밀어 발사했다.

탕탕탕.

놈을 저지해 시간을 벌어야 하는 터라 조준해서 한 사격은 아니었다.

그사이 송수명은 자신이 있어 봤자 도움이 안 되는 걸 알고 계단을 타고 내려갔다.

짐이 덜어지는 순간이었다.

담용은 지금 차크라를 극도로 끌어올려 기감을 있는 대로 확장시킨 상태였다.

특히 사이킥 맨틀을 최고조로 활성화시켜 신체 방어에 주력했다.

'고스트 트릭이었어.'

일전에 완전히 당했던 것은 아니었지만 스카이란 녀석이 썼던 수법에 당한 바가 있는 담용이었다.

비록 손을 스친 것에 불과했지만 한번 된통 당한 경험이다.

하지만 그에 대한 대책을 강구할 시간이 없었던 터라 당장은 뾰족한 수가 없다.

오로지 사이킥 맨틀을 믿어 볼 뿐이다.

그래서 무엇보다 먼저 차크라를 사이킥 맨틀에 올인시켜 몸을 강화시켰다.

아니나 다를까, 바로 코앞 벽체에서 불쑥 튀어나온 놈이 권총을 발사했다.

툭, 투툭. 툭.

세 방이었다.

턱! 터틱! 턱!

놈은 명사수였던지 담용의 옷자락을 뚫고 정확히 심장에 적중했지만 둔탁한 소리만 냈다.

하지만 권총에서 발사된 총탄의 위력이 담용으로 하여금 주춤주춤 뒤로 물러나게 했다.

이건 버티려야 버틸 수 없는 강력한 충격이었다.

당연히 내부가 진탕되면서 울렁증에 이어 어지럼증까지 일었다.

그러나 당하고만 있을 담용이 아니다.

'이익!'

눈에 힘을 잔뜩 실은 담용이 아득해지는 정신을 붙잡고 자신이 쓰러지지 않고 뒤로 물러나기만 하는 것을 보고 당황한 놈에게 여지없이 권총을 발사했다.

탕탕탕.

"크윽!"

'맞았어!'

분명히 신음 소리가 들렸다. 바로 코앞의 타깃이었으니 눈 먼 봉사도 명중시킬 수 있는 거리다.

더구나 특전사 시절에 원 없이 권총을 쏴 봤던 특등사수가 담용이다.

그런데 웬걸, 신음 소리와 동시에 놈이 사라져 버렸다.

벌컥!

놈이 사라진 호실의 문을 열고는 권총을 들이대 봤지만 텅 비었다.

'이놈이…… 어디 갔지?'

스윽. 스윽.

담용은 다시 복도로 나와 조심스럽게 발을 떼면서 놈의 기척을 찾으려 애썼다.

잠시가 지나도 놈은 공격할 생각이 없는지 더 이상 반응을 보이지 않고 있었다.

'젠장, 총소리를 듣고 몰려올 텐데…….'

마음이 다급해진 건 담용이었다. 대련항까지 가려면 지금 출발해야 했다.

'반드시 잡는다.'

놈을 잡을 이유가 있었다. 바로 남의 칼을 빌려 사람을 죽인다는 차도살인의 계를 위해서다.

놈이 어떤 목적으로 왔는지는 모른다.

아마도 누군가를 암살하는 임무일 테지만 담용은 이것을 역으로 이용할 작정이었다.

즉, 송수명 선양 지부장이 사라진 현장에 킬러가 죽어 있다면 대한민국의 소행이라는 생각은 하지 않을 것이란 뜻이다.

이는 오히려 대한민국이 송수명이 사라진 것에 대해 중국에 역으로 따질 수 있다는 얘기와 같다.

고로 놈을 반드시 잡아야 하는 이유가 거기에 있었다.

오감을 극도로 활성화시켜 놈의 기척을 알아내려 애썼다.

애쓴 보람이 있어서일까?

'잡힌다.'

평소라면 모르겠지만 부상당한 몸이라서인지 사삭거리는 얕은 소음이 귀를 간지럽혔다.

사……삭. 사……삭.

느릿하게 이동하는 소음.

'저쪽이다.'

놈이 돌아 나왔던 복도 끝 쪽이다.

부상 때문인지 놈은 그리 멀지 가지 못했다.

하지만 벽체와 벽체를 통과하는 것인지 실내와 실내를 통과하는 것인지는 감이 잡히지 않았다.

부상이 어느 정도인지는 모르지만 3층에서 뛰어내릴 수는 없을 것이다.

차라리 그런다면 더 손쉽다.

'다 열어 보는 거야.'

뭐든 건성으로 하면 아무것도 이루지 못한다. 시간이 걸리더라도 일일이 다 열어 볼 수밖에.

어쨌든 이제는 반대가 되어 외려 쫓는 자가 되었다.

달리듯 다가간 담용이 소음이 들려온 지점부터 문을 벌컥벌컥 열었다.

그러다가 바닥이 흥건한 것을 발견했다.

'피!'

피라는 것을 단박에 알 수 있을 정도로 피비린내가 풍겨왔다.

그런데 엄청 많은 양이다, 바닥이 흥건할 정도로.

중상을 입었다는 증거다. 그리고 이건 놈이 방심한 대가이기도 했다.

벽체를 드나들며 죽이고 또 죽이던 놈이라 담용 하나쯤이야 했을 것이다.

그런데 오히려 당해 버린 것이다.

사이킥 맨틀이라는 수법은, 아니 담용 역시 초능력자임을 알지 못했던 것이 놈의 패인이었다.

놈이 부상을 당했다는 것에 조금 흥분한 담용의 눈빛이 보다 더 날카로워졌다.

'어디로 간 거야?'

코너를 돌았어도 놈은 보이지 않았다.

다음 방의 문을 열었다.

벌컥!

이번에는 점점이 찍힌 피가 눈에 들어왔다.

벽체에도 핏자국이 보였다.

'역시 방과 방을 통과했군.'

핏자국이 놈의 종적을 추측케 했다.

자신이 선 담용이 그다음 호실을 벌컥 열어젖혔다.

투툭!

다급한 마음에 무턱대고 문을 열었다가 실내를 확인도 하기 전에 놈이 발사한 총에 어깨를 맞았다.

"킥!"

신음을 흘리며 비칠비칠 물러났다.

하지만 본능적으로 데굴데굴 굴러 벽에 몸을 숨김으로써 2차 공격은 면했다.

특전사 시절의 훈련이 이토록 요긴할 줄이야.

'으으…… 무지 아프네.'

놈이 제대로 노리고 쏜 총이었다.

관통은 되지 않았지만 어깨가 떨어져 나갈 정도로 고통이 엄습해 왔다.

그래도 얻은 것은 있었다.

'놈은 움직이질 못해.'

의자에 앉아 기대 있는 모습이 꼭 그러했다.

맥없이 축 늘어진 자세.

그리고 얼핏 본 것이지만 바닥이 피가 흥건하게 고일 정도로 질퍽했다는 것.

용기가 난 담용이 살며시 얼굴을 내밀었다.

권총을 들 힘도 없었는지 담용을 보고도 반응이 없다.

복면 사이로 건조한 시선이 느껴졌다.

치명적이 암수를 썼어도 허사가 된 것이 충격이었던지 눈동자가 공허했다.

스윽.

담용이 총을 겨누면서 천천히 들어섰다.

정체를 묻고 자시고 할 시간이 없는 담용은 그대로 갈겨 버렸다.

탕-!

딱 한 방에 이마에 구멍이 나면서 후두부로 육편이 튀는 것이 눈에 선명했다.

영화에서나 봄 직한 장면에 생경했지만 담용은 담담했다.

'누구냐, 넌?'

피바다가 된 바닥을 피해 놈에게 다가간 담용이 복면을 벗겼다.

'엉? 백인?'

갈색 머리의 백인이었다.

'미국인이 왜?'

백인이고 갈색 머리라고 해서 전부 미국인은 아니겠지만 생각나는 것이 그것밖에 없다.

어째 한국에서가 아니라 중국에 와서까지 엮인 것 같은 기분이라 영 기분이 좋지 않았다.

얼른 복면을 씌우고는 물러났다.

등에 멘 까만 색이 눈에 들어왔지만 킬러가 자신을 드러낼 만한 소지품을 지니고 다닐 리도 없었고 확인할 마음도 없다.

복도를 되돌아와 아래층으로 내려가려던 담용이 멈칫했다.

어딘가 2퍼센트가 모자란다는 기분에 자신이 수도로 내리쳐 기절시킨 안전부 요원에게 다가가 두 팔을 잡고는 질질 끌었다.

예의 킬러가 죽어 있는 방으로 온 담용이 놈의 손에 들린 권총으로 안전부 요원을 향해 쐈다.

투툭!

"컥!"

기절해 있던 안전부 요원의 입에서 억눌린 신음이 터져 나오면서 몸이 들썩하더니 이내 잠잠해졌다.

담용도 킬러의 잔인함을 닮아 가는 것인가?

표정에 변화가 없다.

첩보원의 세계는 이렇듯 냉정하고 살벌한 것이다. 그 어떤 훈련도 대체할 수 없는 실전 경험이다.

기합 소리 한 번 없는 어둠 속의 총질은 그렇게 끝났다.

담용은 자신이 사용했던 권총을 안전부 요원의 손에 쥐여 놓았다.

대신 안전부 요원이 가슴팍에 차고 있던 총을 손에 쥐었다.

그래 놓고도 뭔가 아쉬웠다.

'어색한데……'

서로 상잔한 것이라 여기면 좋겠지만 그 틀이 많이 어그러 진 느낌이다.

총기도 임자가 있기 마련이라 애먼 녀석의 것을 쥐고 서로 상잔했다?

초보 수사관도 어색함을 알아챌 것이었지만 지금은 더 이상 시간을 지체할 수가 없다.

계단을 향하던 담용이 무슨 생각이 났는지 걸음을 멈췄다.

'이런! 감시 카메라!'

놈을 신경 쓰느라 실내의 감시 카메라를 깜빡했다

'멍청이……'

일련의 활극들이 전부 녹화됐을 것이다.

감시 센터를 찾아 깡그리 없애 버려야 했기에 담용은 복도를 내달리며 방 입구에 달린 표찰을 일일이 확인했다.

3층엔 없었다. 2층도 없었다. 호실마다 전부 중국 미인들 이름만 잔뜩 쓰여 있었다.

양귀비, 왕소군, 서시, 초선, 우미인 심지어는 달의 여신이라는 항아까지.

삼국지에 등장하는 초선은 허구의 인물임에도 버젓이 쓰여 있다.

1층을 빠르게 돌며 살피던 담용이 우뚝 멈춰 섰다.

담용의 눈에 들어온 글귀.

中央控制室

'중앙관제실'

맞나?

기껏 찾아 헤맸더니 정문 입구에 위치해 있었다.

'지랄, 힘만 뺐네.'

등하불명이 따로 없다.

벌컥!

'윽!'

거칠게 문을 열었더니 이미 두 명의 안전부 요원이 죽어 있어 피비린내가 왈칵 풍겼다.

피를 딛지 않으려 애쓰며 컴퓨터에 내장된 메모리와 디스

켓 등을 가리지 않고 몽땅 뜯었다.

첨단 기기에 대해 잘 알지 못하니 어쩌겠는가?

우득. 우드득.

이어서 테이프를 있는 대로 쓸어 모으고는 비닐 봉투에 담아 밖으로 나왔다.

'이 양반이 아직도 기다리고 있을까?'

5분이라고 했지만 10분도 더 된 기분이라 발걸음이 바빠졌다.

다행히 총성이 났음에도 바깥은 아직 조용했다.

하기야 고작 일곱 발의 총성이다.

처음 킬러 쪽으로 대충 쐈던 세 발과 놈을 타깃으로 쐈던 세 발 그리고 마지막 확인 사살 한 발, 나머지는 전부 킬러가 쏜 소음총이니 사합원의 구조로 보면 사방이 막힌 봉쇄형이라 밖으로 새어 나갔을 확률이 지극히 희박했다.

빠오주점을 벗어난 담용이 중산광장을 향해 힘껏 달음박질을 쳤다.

담용은 알까, 갈색 머리의 백인이 알렉스란 것과 또 미국 플루토의 레드폭스의 팀장인 코란트의 팀원이라는 것을.

사정은 주지했다시피 CIA 한국 지부의 부장인 애덤의 출세욕에서 비롯됐다.

출세욕에 사로잡힌 애덤이 차기 대통령 당선자에게 극동에 관심을 끌 만한 이슈가 생겼음을 보여 주기 위해 레드폭스 팀장인 코란트에게 부탁해 송수명 지점장의 암살을 부탁한 것이다.

그렇게 되면 중국의 입장이 심히 난처해질 것이고, 그에 따른 한국과의 외교 관계가 급랭해지기를 의도한 것이다.

어차피 첩보원에 의한 사건이고 보면 CIA 한국 지부장인 애덤 자신이 나설 명분이 생기니 차기 당선자의 눈길을 충분히 끌 수 있다고 여긴 것이다.

애덤은 이슈가 발생하려면 입안의 사탕 같은 한국보다 중국을 어떻게 해서든 끌어들여야 했던 터라 그런 만행을 서슴없이 저지른 것이다.

그런데 담용의 생각과는 달리 총성을 들은 사람들이 있었다.

총인구 12억의 중국이다.

새벽이라지만 보보마다 처처마다 사람이 없는 곳은 없다.

다름 아닌 킬러인 알렉스가 정문을 지키던 안전부 요원들을 처치하고 안으로 들였을 때, 때마침 시간을 맞췄다는 듯 빠오주점 정문 앞을 지나는 취객 두 명이 있었다.

취객들은 비틀거리는 걸음을 주체하지 못하고 빠오주점 정문 어귀에서 다리에 힘이 풀려 고꾸라지듯 벤치에 주저앉아 버린 것이다.

그때가 담용이 처음으로 총을 세 발 발사했을 무렵이었다.

이것을 취객이 몽롱한 결에 그만 듣고 만 것이다.

"으으응? 이, 이봐, 어디서 불꽃놀이 하는 것 같지? 딸꾹."

"딸꾹, 뭐, 뭔 소리야? 국경절도 아닌데 불꽃놀이라니! 헛소리하지 말고 자빠져 자, 딸꾹."

"이, 이봐, 분명히 '탕탕탕' 하는 소리가 났다구, 따알꾹."

"뭐? 펑펑펑이 아니고 탕탕탕이라고? 끄으으윽."

"분명히 탕탕탕이었다구."

"그래? 그럼 그건 총소리잖아?"

"엥? 총성이라고?"

술에 잔뜩 취해 고꾸라져 있던 사내가 그 말에 정신이 나는지 늘어졌던 몸을 일으켜 세웠다.

"어? 생각을 해 보니 정말 그러네. 이거…… 어디서 폭력배들이 싸우는 거 아냐?"

개방 이후 조직폭력배들 사이에 심심찮게 벌어지는 일이라 그렇게 추측한 것이다.

"확실히 들은 거 맞아?"

"그으럼, 아직 나 귀 안 먹었다고."

횡설수설로 시작된 대화가 점점 심각해지자 정신을 차려 보려고 애쓰는 두 취객이다.

그때였다.

자신들이 횡설수설한 것이 아니라는 것을 확인이라도 해

주듯 총성 세 발이 다시 들려왔다.

탕탕탕-!

화들짝!

"헛!"

"엉!"

벌떡! 벌떡!

너무도 또렷하게 들려온 단 한 발의 총성에 기겁을 하고 튕기듯 일어난 두 취객이 서로를 쳐다보았다.

"드, 들었지?"

"그, 그래. 분명히 들었어."

"여기…… 맞지?"

끄덕끄덕.

"마, 맞아."

한 취객이 빠오주점을 가리키자 동료 취객이 정신없이 머리를 주억거렸다.

두 취객은 정신의 확 들었는지 그대부터 허둥지둥하기 시작했다.

"이, 이봐, 시, 신고해야지."

"신고는 무슨…… 일단 여길 벗어나고 봐야지."

"마, 맞다. 여기 있다간 날벼락을 맞을지 몰라."

술이 확 깬 두 취객이 허둥거리며 빠오주점의 정문을 벗어나 한참이나 내달리더니 헉헉거리며 담벼락에 기대 섰다.

"하, 하마터면 객사할 뻔했다."

"그러게."

탕-!

마지막 한 발까지 또렷이 들려왔다.

"헉! 또!"

"제길. 어, 어떡하지?"

"어떡하긴 빨리 신고를……."

"어? 공중전화다."

"시, 신고해!"

"어디에?"

"공안부지 어디긴 어디야?"

"야! 네가 해. 난 아직도 심장이 벌떡거려서……."

"짜식, 쫄기는."

"난 아직 영화에서 외에는 한 번도 총소리를 못 들어 봤다
니까!"

"아, 알았어."

호송 작전

부아아아아아앙-!

선양시에서 안산시로 가는 심양의 고속도로는 담용의 오토바이가 점유라도 한 듯 질주에 질주를 거듭했다.

꽈악.

시간이 갈수록 속도가 더해지자 담용의 허리를 잡는 송수명의 손아귀에 힘이 잔뜩 들어갔다.

"윽! 아픕니다."

"이렇게 하지 않으면 뒤로 날아가 버린 것 같은데 어쩌겠나? 자네가 참아야지."

"왜 떠나지 않았습니까?"

"글쎄, 나도 모르겠군."

5분이란 시간이 한참이나 지났음에도 송수명은 혼자 떠나지 못하고 담용을 기다렸다.

 초조한 마음이야 이루 말할 수 없었지만 송수명은 목숨을 걸고 자신을 구하러 온 요원을 차마 떨치고 갈 수 없었던 것이다.

 "그거 명백한 잘못임을 알지요?"

 "모를 리가 있나?"

 첩보원 생활이 몇 년쨀데 뭐가 선이고 뭐가 후인지, 뭐가 알맹이고 뭐가 부스러기인지 모를 턱이 없다.

 본국에 있어야 할 국정원 요원이 선양까지 왔다면, 송수명 자신을 구출하러 왔다는 것은 송수명 본인이 핵심 인물이란 말이다.

 그런 핵심 인물이 사라지면 중국의 의도는 물 건너간다.

 그것이 한국 정부가 바라는 시나리오다.

 그 외의 보조 첩보원들은 허드렛일만 할 뿐이라 건져 봐야 이름값이 없다.

 죽는다면 국정원 로비의 비치된 추모석에 별이 하나 더 늘어날 뿐.

 그야말로 원훈 그래도 '자유와 진리를 향한 무명의 헌신'인 것이다.

 베테랑인 송수명도 그걸 모르지 않는다.

 "과정이야 잘못이 있었더라도 결과는 이렇게 되지 않았

나?"

"괴변입니다."

"교본대로라면 먼저 떠나는 게 맞아. 하지만 내가 직접 겪다 보니 그 교본이란 것이 아무런 쓸모가 없을 때가 왕왕 있더란 말이지."

돌려서 말했지만 직접 당하고 보니 동료를 두고 혼자 갈 수 없더란 말.

또 교본과 현실과의 괴리.

"에혀, 일이 잘 끝났으니 망정이지, 잘못됐다면 저승에 가서라도 원망했을 겁니다."

"하하핫, 안됐군. 그 원망을 하지 못하게 돼서 말이야."

만난 후 처음으로 웃음을 내보인 송수명이 다시 말했다.

"그나저나 자넨 누군가?"

"요원들을 전부 꿰고 있습니까?"

"설마 그렇기야…… 하지만 자네 같은 요원이 있다는 말은 듣지 못했네."

사실이 그랬다.

적의 심장부에 침입해 이토록 전격적이고 파격적인 행보를 보일 만한 요원은 없었다.

"선양 지부장이면 회사에서는 직급이 어떻게 됩니까?"

"그건 왜 묻나?"

"궁금해서요."

물은 사람이 무안할 정도로 대답이 단순 명료했다.

'신출내기인가?'

선양 같은 대도시의 지부장이라면 국내에서는 국장급임을, 아니 차기 차장급 1순위임을 웬만한 요원이면 다 아는 사실이기에 드는 의문이었다.

중국이 국정원 요원 전원 철수를 조건으로 송수명을 인도하겠다고 한 것도 국장급 중 선임의 신분이었기 때문이다.

이는 송수명, 아니 국정원 선양 지부장이란 직책이 중국 내에서 암약하고 있는 첩보 요원 전원과 맞먹는 전력감이라는 말과 진배없다.

그 이유가 명백한 것이 선양이 북한 내의 정보를 취득할 수 있는 전초기지이기 때문이다.

문제는 여기서 그치지 않는다.

중국이 타국의 첩보 요원이기는 해도 자국에 아무런 위해도 가하지 않는 국정원 요원의 철수를 요구하는 데에는 그만한 이유가 있다.

남한과 북한을 적절히 이용해서 관련 사안이 발생할 때마다 자국에 이익이 되는 쪽으로 써먹겠다는 의도다.

이는 향후 10여 년이 지나도 변함없이 잘도 써먹는 중국이다.

땅덩이는 크지만 실상 그 속은 밴댕이 소갈딱지보다 못한 좁쌀영감 짓을 해 대는 중국이다.

그야말로 말만 대국이지 그 실체는 비열의 극을 달리는 나라인 것이다.

진정으로 대인 대의한 대국이라면, 남북이 통일하는 데 적극 나서야 맞다.

역사를 보더라도 그렇다.

그래야 4대 성인 중 하나인 공자가 태어난 나라다운 것이고, 중화中華라는 이름에 걸맞다.

"비밀이라면 말씀하시지 않아도 됩니다."

"국장급이네."

"헐! 목숨을 걸 만했네요."

"아무나 못하는 일일세."

"저는 아무나가 아니거든요, 하하핫."

'훗! 유쾌한 친구로세.'

총성이 오간 지가 얼마나 지났다고 저렇듯 여유로운 웃음을 지을까?

그것도 재주라면 재주다.

호감이 갔다. 꼭 자신을 사지에서 구해 줘서가 아니라 첩보 요원인데도 딱딱하지 않고 유들유들한 성격인 것 같아서다.

"그런데 이건 뭔가?"

송수명이 자신의 품에 든 물건에 대해 물었다.

"비닐 봉투에 든 것 말입니까?"

"물을 게 그것밖에 더 있나?"

"빠오주점의 통제실에 있던 파일과 컴퓨터 디스켓입니다. 혹시 감시 카메라에 찍혔을까 봐 몽땅 쓸어 온 거죠."

"잘했군."

"사실 그 자리에서 파괴했어야 했는데 컴퓨터에 대해 아는 게 없어서요."

"허허헛. 아참! 그 작자는 어떻게 됐나?"

"복면인 말입니까?"

"어? 복면을 했었나?"

'아, 그건 모르겠구나.'

창졸간에 벌어진 일이라 피하기에 바빴던 송수명이라 복면인을 볼 수가 없었던 것이다.

"예, 죽였습니다."

"정체는? 아니, 무슨 이유인지는 알아봤나?"

"미국인이었습니다."

"응? 미, 미국인?"

"예."

"미국인이 왜……?"

"무슨 이유인지는 저도 확실히 모릅니다만 지나고 보니 대충 유추는 할 수 있을 것 같네요."

"뭔가?"

"송 지부장님을 노리고 온 듯했습니다."

"나, 나를?"

"예."

충격이었던지 송수명의 입술이 살짝 떨리는 것이 느껴졌지만 담용의 대답은 의외로 냉정했다.

"그, 근거는?"

"아시다시피 빠오주점은 중국 국가안전부 선양 지부의 안가입니다. 식당을 겸하고 있는 이유는 저보다 지부장님이 더 잘 알 것이고요."

"크흠, 그래서?"

"제가 보기엔 특급 킬러였습니다."

담용은 복면인이 초능력자임을 말하지 않았다. 이는 무척 민감한 사안이라 세 명의 차장 외에는 모르는 게 낫다.

"놈은 빠오주점에 남아 있던 사람들을 다 죽였습니다."

"뭐, 뭐라?"

"손님들이야 늦은 시각이라 없었지만 퇴근을 못 하고 남아 있는 직원들 그리고 안전부 요원들을 깡그리 죽였단 말입니다."

"으음."

"전부 확인할 수는 없었지만 제 눈으로 본 거만 해도 서른 명이었습니다. 이 일로 인해 국가안전부 선양 지부는 리빌딩을 해야 하겠지만, 결정적으로 그곳에 암살할 만한 주요 인물이 없었다는 겁니다. 지부장님을 빼고 말입니다."

"……."

"그렇게 보면 누군가 청부를 넣어 지부장님을 살해하려고
했다는 게 됩니다."

"나는 누구에게 원한을 살 만한 일을 한 적이 없네."

"지부장님이 원하지 않더라도 누군가 지부장님이 구출됨
으로써 손해를 볼 수 있는 위치라면요?"

"그렇군."

"그리고 지부장님이 없어져야 뭔가 큰일이 발생할 건수가
있다면요?"

"허! 국내 국외를 아우르는 말 같군. 난 그리 대단한 인
물이 아닐세. 그리고 그런 식으로 말하자면 끝이 없지 않
겠나?"

"그만큼 범인을 색출하는 것도 어렵겠지요. 워낙 변수가
다양할 테고요."

"자네…… 대체 누군가? 조금 전의 질문에 대답해 주지 않
은 걸로 아네만."

"하하핫, 제 신분은 세 분 차장님에게 물어보면 자연히 알
게 될 겁니다. 그걸로 대답을 대신할 테니 더 이상은 묻지 마
십시오."

"알았네."

"춥지 않으십니까?"

"괜찮네. 오토바이 덮개가 꽤나 유용하구먼그래."

"꼭 움켜쥐십시오. 속도를 더 내야겠습니다."

"대체 어디로 가고 있는 건가?"

"최종 목적지는 서울입니다."

"허헛, 경로는?"

"일단 안산시에서 트럭으로 갈아탈 겁니다. 홍종문 요원을 아십니까?"

"모를 리가 있나? 하면 자네 하얼빈에서 이곳으로 왔군."

"맞습니다. 그가 거기서 기다리고 있습니다."

"홍 요원도 애썼군."

"유능하더군요."

"허헛, 아직 노출되지 않았으니 그런 셈이지. 이 길 끝은 대련항인가?"

"맞습니다."

"어렵겠군."

항구에서의 일과 출항하기까지를 말함이다.

"하하핫, 그리 어렵지 않을 겁니다."

"매사가 그렇게 긍정적인가?"

"그런 편입니다. 너무 걱정하지 마십시오. 제가 다른 건 못해두 어려운 걸 쉽게 해내는 재주만큼은 탁월하니까요, 히하핫."

"허허헛, 그 말을 들으니 기대가 되는군."

정말 그랬다. 젊은 사람이 긴장할 만한데도 그런 기색 하나 없이 유쾌하게 웃으며 말하는 것이 마음이 놓이게 했다…….

그것도 전염이 되는지 송수명 역시 왠지 근심이 엷어지는 기분이었다.

28일 새벽 2시 30분경 중산광장 인근의 JB호텔.

선양공항에서 알렉스를 안내했던 카렌이 임시로 묶고 있는 호텔이다.

지금 카렌은 매우 초조한 표정으로 객실을 서성거리며 막 걸려온 휴대폰으로 통화를 하고 있는 중이었다.

그런데 공항에서와는 전혀 인상이 달라 보였다.

구티 수염도 없고 눈꼬리도 처진 인상이라 공항에서의 모습과는 판이하게 다른 유순한 모습으로 변해 있었다.

아마도 지금의 모습이 진면목인 것 같다. 공항에서는 만약을 위해 분장을 한 것일 테고,

"지부장님, 접니다."

ㅡ왜 아직 연락이 없어?

"그게…… 아직 오지 않았습니다."

ㅡ뭐? 지금이 몇 신데 아직이란 말이야?

"일을 끝내고 곧바로 이곳으로 와야 함에도 아직 모습을

드러내지 않고 있습니다."

－이거…… 일이 잘못된 것 아냐?

"그럴 리가 있겠습니까? 그쪽 사람들인데요."

그쪽이란 플루토를 말함이다.

－그러게. 백 퍼센트의 확률이라고 자신했지.

"그런데 마냥 기다리고 있어도 될지 모르겠습니다."

－지금 시간이 얼마나 지났어?

"1시간 반이 지났습니다."

－30분이면 넉넉하다고 했잖아?

"그, 그랬죠."

－안 돼! 이미 틀렸어!

"예. 그래도 조금만 더……."

－됐다. 가 볼 수 있겠어?

"그럼요."

－빨리 가 봐.

"옙!"

－휴대폰 끊지 말고 가!

"알겠습니다. 끊어질지도 모릅니다."

－알아

행장을 수습한 카렌이 재빨리 객실을 벗어나 로비를 바삐 지나쳐서는 빠오주점으로 향했다.

한데 그때, '애앵, 애애앵!' 하고 귀에 거슬리는 소음이 카렌의 귀에 들려왔다.

'헉! 이게 무슨 소리야?'

번쩍. 번쩍.

경광등이 요란스레 돌아가는 경찰차 대여섯 대가 사이렌을 끊임없이 울려 대며 빠오주점으로 향하고 있는 것이 카렌의 눈에 잡혔다.

"이, 이게 무슨⋯⋯?"

혼비백산한 카렌이 얼른 음영이 진 곳에 몸을 숨기며 휴대폰을 들었다.

'끊겼군.'

꾹. 꾹. 꾹. 꾸욱.

재빨리 버튼을 눌렀지만 통화 연결이 되지 않는다.

"이씨, 하필 이럴 때에 불통이야, 더러운 칭키 놈들."

지금의 중국은 휴대폰이 터지지 않을 때가 종종 있어 이렇듯 급할 때는 애를 먹이기도 했다.

카렌은 신경질적으로 다시 버튼을 눌렀다.

그사이 경찰차에서 내린 경찰들이 빠오주점 정문을 열고 들어가더니, 이번에는 공안이라고 쓰인 차량이 세 대나 도착했다.

엎친 데 덮친 격이다.

"빌어먹을, 큰소리 탕탕 치더니⋯⋯."

알렉스가 큰소리를 친 적은 없었다. 무뚝뚝하고 거만했을 뿐이지.

하지만 그게 큰소리친 것과 무엇이 다른가?

"제길, 이제야 터지는군."

―어떻게 됐어?

"지부장님, 글렀습니다."

―뭐가?

"누가 신고를 했는지 아니면 알고 왔는지 공안과 경찰 들이 저보다 먼저 도착했습니다."

―뭐라? 이런 젠장 할.

"아무래도 조치를 해야겠습니다."

―카렌, 노출된 적이 없지?

"없습니다. 공항에 마중 나갔을 때는 변장을 했었으니까요."

―그럼 됐어. 우린 코리아처럼 노출된 적이 없으니 속히 복귀하기나 해.

"지금 숙소로 가겠습니다."

―그래. 그리고 아침에 회사로 출근하지 말고 공장으로 가.

"공장으로요?"

공장은 세인트상사가 선양에 건립한 잡화 생산 공장이었다.

―그래. 지금 한창 본국에 보낼 크리스마스용품을 포장하

고 있을 테니 그걸 검수하도록 해.

"인스펙터로 말입니까?"

―그렇지. 공장장에게는 내가 말해 놓을 테니 그렇게 해.

"알겠습니다."

28일 새벽 2시 50분경, 중국 국가안전부 제8국 국장 저택.

저택 주변은 희미한 가로등만 졸고 있는 적막이 휩싸여 있었다.

찌릉. 찌르르릉. 찌르르릉.

침실 머리맡의 협탁에 올려 둔 두 대의 전화기 중 한 대가 급박한 울음을 터뜨린 데 놀란 것이다.

게다가 전화벨 소리 자체가 핫라인의 직통전화의 것이었기에 깜짝 놀란 쑨야오가 눈을 번쩍 떴다.

비상 전화용이니만큼 비상사태 외에는 평시에 울릴 일이 없다.

뭔가를 직감한 쑨야오가 벌떡 일어나 전화기를 들었다.

덜컥.

"쑨야오요."

―국장님, 바오샤이입니다.

바오샤이는 국가안전국 선양 지부장이다.

"그래, 무슨 일이기에 이 번호로 전화한 건가?"

그렇게 말하면서 부인이 바삐 가져다준 물수건으로 얼굴을 대충 닦아 내는 쑨야오다.

쑨야오 부인 역시 핫라인으로 온 전화, 즉 방정맞게 울어 대는 벨 소리가 들리면 세수할 시간도 없이 나가 봐야 할 일이라는 걸 오랜 경험으로 알고 취하는 행동이었다.

스윽.

지극히 간단한 고양이 세면이 끝나자, 부인이 아침 식사 대용인 우유까지 코앞에 가져다주었다.

쑨야오가 우유를 마시면서 바이야오의 말을 들었다.

-빠오주점에 대량의 살육 사태가 발생했습니다.

"뭐라?"

벌떡!

툭! 퍼석!

대량의 살육 사태라는 말에 놀란 쑨야오가 우유 컵을 떨어뜨리며 자리에서 일어났다.

"살육 사태라니? 자세히 말해 봐."

-누군가의 신고로 공안이 출동했는데, 무려 마흔다섯 명이 떼죽음을 당해 있더라고 합니다.

"뭐, 뭐라고? 마, 마흔다섯 명이 죽어?"

하마터면 전화기를 떨어뜨릴 뻔한 쑨야오가 일시 정신이 나간 것처럼 멍한 표정을 지었다.

"여, 여보."

아내가 정신을 차리라며 가만히 팔을 잡아 오자 그제야 화들짝 깬 쑨야오가 버럭 고함을 질렀다.

"누구 짓이야!"

─그건 아직 모릅니다.

"자네, 어딘가?"

─지금 현장으로 가고 있는 중입니다. 거의 다 왔습니다.

"빨리빨리 알아봐!"

─옙!

"아참, 송은 어찌 됐어?"

─그러지 않아도 물었더니 잘 모르겠다고 했습니다.

"하긴 공안이 알 리가 없지. 그나저나 송이 죽었다면 낭패다."

─제가 도착하면 송부터 찾아보고 보고를 드리겠습니다. 그리고 복면을 한 백인 한 명이 우미인이란 방의 의자에 죽어 있었다고 했습니다.

"엉? 배, 백인? 하면 그놈의 소행인가?"

─글록을 들고 있었다고 하니 그렇게 짐작이 됩니다. 총탄을 분석해 보면 금방 나올 테지만 정황으로 보아 확실하다고 합니다.

"정황? 어떤……."

이쯤에서 쑨야오는 집을 나갈 채비를 마치고 현관으로 나가고 있었다.

"여보, 이거요."

소금이다. 이를 대충이라도 닦으면 가라는 뜻.

아내가 건네주는 소금을 입에 털어 넣은 쑨야오가 인상을 구기며 구두를 신을 때 바이샤오의 음성이 들려왔다.

-요원들과 서로 총격전이 벌어졌던 것 같습니다. 백인 놈은 우위웬춘이 쏜 총에 맞아 절명한 것처럼 보인다고 했습니다.

"우위웬춘은?"

-죽었습니다. 동귀어진을 한 것으로 보인다고 했습니다.

"으으으…… 다른 일행은 보이지 않고?"

-현장에는 백인 한 명뿐이라고 했습니다.

"으음, 국적은?"

-약간의 물품 외에는 신분을 드러낼 만한 소지품이 없어서 아직……. 하지만 곧 밝혀질 것으로 압니다. 공항 감시 카메라에 잡혔을 것으로 예상해 공안부에 비상을 건 상태입니다. 시간은 금일 오전 2시 45분이며 전국의 공항과 항만의 감시 카메라 테이프를 확보함과 동시에 검문검색을 강화하라고 하달한 상황입니다.

"잘했어. 하지만 범인이 백인이라는 걸 감안해야 한다. 그러니 항만은 국제항을 중심으로 인원을 더 보강시키라고 해. 특히 잔화항구는 물론 홍콩과 마카오로 직행하는 여객선이 있는 곳은 집중적으로 검문검색을 하도록 지시해. 내 곧 현장으로 갈 테니 기자들부터 차단시켜! 자꾸 엉기면 공식 발표를 오전 9시, 아니 오후 2시쯤에 하겠다고 해.

─오후 2시입니까?

"그래, 우리도 뭔가를 알아내려면 그만한 여유는 있어야 할 것 아냐?"

─알겠습니다.

전화를 끊은 쑨야오가 무선전화기를 아내에게 건네며 힘없는 어조로 말했다.

"오늘은 유난히 긴 하루가 될 것 같소."

오늘 집에 들어오기 힘들지도 모른다는 말.

"그래도 끼니는 제대로 찾아 먹도록 해요."

"알았소, 다녀오리다."

밀항

28일 오후 3시경, 대련항구.

인천으로 향하는 여객선이 오후 6시에 출발하는 날이기도 하다.

담용이 아는 대련은 요동반도 최남단에 위치해 있고, 동북 지역 최대의 항구도시다.

그리고 동쪽은 황해, 서쪽은 발해.

온전히 항구도시라는 말.

그래서 항구를 봉쇄할까 싶어 살짝 긴장하지 않을 수 없는 오늘 하루였다.

안산시에서 트럭으로 바꿔 탄 송수명은 새벽 4시 30분경 에 대련에 무사히 도착해 모처에서 휴식을 취하고 있는 중이었다.

그동안 몸이 많이 상했던 터라 영양 섭취와 충분한 휴식이 우선이었던 것이다.

더구나 오후 6시면 출항하는 여객선을 타야 하는 강행군, 즉 당당하지 못하게 숨어서 가야 하는 상황이라 더더욱 몸의 컨디션을 끌어올려야 했다.

물론 홍종문과 함께하며 돕는 중이다.

송수명 지부장을 한국으로 보내야 하는 담용은 홍종문이 소개시켜 준 망원과 함께 궤도전차에서 내려 지금은 성해공원을 가로질러 가고 있는 중이었다.

전차는 2량인데 낡고 뭉툭한 것이 무척 오래된 모형이었다.

승용차나 택시를 이용하지 않은 것은 시민임을 드러내기 위해서였다.

더해서 단출한 색에다 트레이닝 차림을 하고 있는 것도 공원으로 체력 단련을 하러 나온 시민으로 보아 주기를 바라는 의도에서였다.

담용을 무엇보다 긴장시키는 것은 송수명의 실종과 무려 마흔다섯 명이나 되는 적지 않은 사람들이 살해된 일로 중국 당국이 지금 발칵 뒤집힌 상태라는 점이다.

아침 뉴스를 본 홍종문의 말에 의하면 이렇다.

-천 선생님, 뉴스에서 들은 소식으론 빠오주점에서 살해된 사람이 무려 마흔다섯 명이나 된답니다. 처음 현장을 목격한 사람은 빠오주점의 부지배인인데, 뒷마무리 때문에 들렀다가 발견했다고 합니다. 범인은 아직 오리무중인데 최소한 두 명 이상일 것이라고 추정하고 있습니다. 방금 공안의 발표에 따르면 오늘 오전 6시부로 중국 전역에 걸쳐 검문검색이 이루어질 테니, 인민들의 적극적인 협조를 바란다고 했습니다. 그리고 공항과 항만을 비롯해 버스터미널에 경찰과 공안 심지어 군인들까지 검문검색에 나선다고 했습니다. 그러니 주의를 하셔야겠습니다.

중국 당국의 당연한 반응이었지만 뭔가 미심쩍은 것은 백인 복면인에 대해서는 단 한마디도 언급하지 않았다는 점이다.

이는 숨겨서 처리할 일이 있음을 뜻했다.

기실 담용은 알지 못했지만 빠오주점을 지나던 두 취객이 신고한 것임에도 부지배인이란 자가 먼저 발견했다는 보도가 났으니 역시 작위적인 냄새가 났다.

어쨌든 아직 대련항까지는 본격적인 검문검색이 이루어지지 않고 있는지 공안이나 경찰은 눈에 띄지 않고 있었다.

'그나저나 무지하게 넓네.'

하여튼 실속보다는 외형과 규모에 더 치중하는 국민성인

것만은 틀림없을 것 같다.

성해공원을 가벼운 뜀박질로 달리고 있는 담용은 어느새 얼굴이 또 바뀌어 30대 후반의 조금은 험한 인상의 사내로 변장해 있었다.

담용으로서는 체형을 바꾸는 경지에는 이르지 못했지만 얼굴을 변형시키는 것 정도는 손쉬웠다.

대략의 방식은 이렇다.

만약 이마의 형태를 바꾸고 싶다면 이마에 차크라를 집중시켜 조물거리면 된다.

뺨이나 코, 눈꼬리 역시 마찬가지다.

많이 바꿀 필요도 없이 조금만 살짝살짝 바꾸어 줘도 인상이 확 달라 보이는 것이다.

피부는 변형시키기가 불가능해서 나이가 들어 보이게 하려면 밀가루 반죽 주무르듯 손가락으로 이마의 살을 집어서 주름을 만들면 된다.

그 순간마다 부위에 차크라를 일일이 운영해 줘야만 살짝 굳는다.

그러나 변형을 유지할 때까지는 얼굴에 집중시킨 차크라를 풀면 안 되는 단점이 있긴 했다.

다행인 것은 지극히 적은 차크라의 기운만 유지하고 있으면 된다는 점이었다.

대련에 거주하는 망원의 이름은 강동만으로 조선족이었

다. 나이는 대략 30대 초반 정도로 담용의 지금 모습보다 어렸다.

강동만은 지금 담용을 목적지까지 안내하는 역할을 맡아 동행을 하고 있는 중이었다.

당연히 담용이 변장한 것임을 알지 못했다.

"대련은 처음이시라고 들었습니다."

"대련뿐만 아니라 중국 자체가 초행이오."

"하핫, 보시니 어떻습니까?"

"중국인들은 뭐든 크고 넓은 것을 좋아하는 것 같습니다."

"하하핫, 잘 봤습니다. 그리고 요즘은 이전보다 많이 활기에 차 있지요. 특히 대련은 요즘 노래방과 마사지집 그리고 클럽 바가 우후죽순처럼 생기고 있는 중이지요."

"완전히 개방했으니 앞으로 더 발전할 겁니다. 그보다 그 사람의 특징 같은 건 없습니까?"

"판첸퉁 기관장 말입니까?"

"예, 아는 게 너무 없어서요."

"뱃사람들이 다 그렇듯이 판첸퉁도 거친 사람입니다. 나이는 마흔두 살인데 마치 장비 같은 인상에 성격도 괄괄하지요. 아무래도 기관실 같은 험한 장소에서 일하다 보니……."

말을 잠시 끊은 강동만이 담용을 힐끗 쳐다보고는 근심스러운 말투로 말을 이었다.

"뱃사람들이 원래 좀 험합니다. 게다가 현재 판첸퉁 기관장의 심기가 별로 안 좋을 때라 더 그렇고요."

"아! 그 처남이라는 사람 때문이라지요?"

"예, 판첸퉁에 대해서 알아보라고 할 때 혹시라도 도움이 될까 싶어서 조사를 하다가 알게 된 사실이지요."

"도방賭房에 빚을 진 것 말이지요?"

말하면서도 담용은 잘하면 얼러링 페이스 같은 초능력을 쓰지 않더라도 방법이 나올 것 같다는 생각을 했다.

"그렇지요. 처남이 도방에서 놀다시피 하더니 결국 쪽박을 찼다고 합니다. 쪽박만 찼다면 문제가 덜하겠지만 판첸퉁의 아내가 동생이 도방에 진 빚을 남편 몰래 보증을 서서 지금 도방 놈들이 집에 와서 진을 치고 있다고 합니다. 그러니 정신이 온전치 않을 거란 말입니다. 아무래도 조심하는 게……."

"너무 걱정하지 마시오. 안내만 해 주면 내가 알아서 다 할 테니 말이오."

나름대로 걱정이 돼서 하는 말이라 담용도 부드러운 어조로 안심을 시켰다.

"지금 가는 곳에 판첸퉁이 확실히 있는 건 맞소?"

"곧 오채성이니 확인이 될 겁니다."

"오채성요?"

"예, 선술집이 주욱 늘어져 있는 골목인데 맛집들도 많지만 뱃사람들이 주로 많이 찾는 술집도 몰려 있는 곳이지요.

오늘 저녁 6시 출항이라면 이맘때쯤 선원들이 하나둘씩 모여드는 시간이기도 하고요."

"술집 이름은요?"

"용헌龍軒이란 곳인데, 그건 제가 안내해 드려야 합니다. 찾기가 쉽지 않거든요. 이제 다 왔네요."

성해공원을 지나자마자 또 하나의 큰 광장이 나왔고, 현란한 오색의 벽화가 눈에 띄었다.

벽이란 벽에는 전부 그림을 그려 놓은 벽화다. 그래서 오채성이란 이름이 붙었나 보다.

"이리로⋯⋯."

"잠시만요."

담용은 미리 준비했었는지 고무줄로 돌돌 말아 놓은 달러 뭉치를 건넸다.

"뭡니까?"

"내가 주는 별도의 수고비니 받아요."

"어? 이러시지 않아도 됩니다."

"알아요. 그렇지만 시키지도 않은 일까지 해 준 대가는 주고 싶어서 말이오."

판첸툥의 사생활까지 파헤쳐 준 고마움에 대한 애기다.

이는 강동구가 망원을 떠나 첩보원 자질이 있음을 뜻했다.

누구나 시키는 일은 잘할 수 있다. 그러나 어떤 목적으로 그 일을 시키는지를 생각해 소금 더 융통을 부려서 일을 한다는 것은 아무나 할 수 있는 일이 아니다.

사실 조금 더 생각을 해 보면 가능한 일이지만 그것이 말처럼 쉽지 않은 탓이다.

그래서 국가나 회사, 단체 등에서 고만고만한 사람들 중에 창의력 혹은 융통성이 조금이라도 엿보이는 사람을 먼저 채용하는 것도 이 때문이다.

"급하게 구하다 보니 얼마 되지 않소."

"그래도 만 달러는 되어 보이는데 이렇게 큰돈을……."

담용이 내민 손이 무색하게 계속 주저주저하는 강동구다.

기실 1만 달러라는 정말 큰돈이다.

지금의 환율이 1위안에 110원 안팎이니 웬만한 집을 한 채 사고도 남는 거액인 것이다.

담용도 자신의 돈으로 주는 것이 아니다. 송수명이 숨겨 뒀던 공작금 중 일부를 이번 일에 사용하라며 담용에게 준 것이다.

그 돈이 10만 달러다. 당연히 이번 공작에 써야 될 자금이었지만, 이 중 일부인 만 달러를 담용이 임의로 사용하는 것이다.

강동구도 돈의 사용처를 모르지 않아 주저하는 것이고.

"그럼 이렇게 하지요, 다음에 내가 여기 왔을 때도 도와주는 걸로요."

"정말 오실 겁니까?"

"아마도요."

틀림없이 그럴 것이다.

이번에 송수명을 구출하면서 알게 된 사실이 결코 적지 않아서 국정원에 대북전략국이 있다는 것도 그의 입을 통해 알았다.

누구나 한번 가 본 길은 처음보다 쉬운 법이다.

담용이 와 봤으니 또 보내지 말란 법은 없을 것이다.

"분명히 올 거요. 그때도 잘 부탁드리오."

"이거 참……."

담용이 강제로 쥐여 주자 마지못해 받아 드는 강동구다. 이렇게 해서 담용도 자신의 사람 한 명쯤은 심어 놓을 수 있어서 좋았다.

"자, 이제 가 볼까요?"

"아, 예. 이쪽으로……."

강동구가 조금은 시큼한 냄새가 풍겨 오는 골목을 접어들면서부터 앞장서자 담용은 그의 뒤만 따라갔다.

선술집 용헌.

뱃사람들의 술집이라고 하기에는 비교적 정갈해 보이는 실내는 건장한 사내들로 득실거렸고, 꼭 싸우는 것처럼 고성이 오가는 가운데 술판이 벌어지고 있었다.

뱃사람들의 화제는 단연 오늘 새벽에 있었던 살인 사건이었다.

"무려 마흔다섯 명이란다! 마흔다섯 명! 이게 말이나 돼?"

세 명의 사내가 중앙의 탁자를 차지한 가운데, 그중 호리호리한 체구에 입이 툭 튀어나온 사내가 입에 거품을 물고는 흥분해서 소리쳤다.

"그것도 팡팡팡 총으로 말이다."

호리호리한 사내가 엄지와 검지로 총을 쏘는 시늉을 해 대며 말을 계속했다.

"죽은 여자가 몇 명인 줄 알아? 서른세 명이라구! 서른세 명! 그것도 시집도 안 간 아리따운 종업원 아가씨들이란 말이다! 빠오주점이라면 특급 주점이라구. 우리 같은 놈들은 얼씬도 못 하는 고급 주점! 거기서 근무하는 아가씨들이라면 안 봐도 알잖아? 에이 씨."

쭈우우욱!

"카아―!"

옆의 동료가 따라 놓은 술 한 잔을 단번에 들이켠 호리한 사내가 진정으로 아깝다는 듯 인상까지 써 가며 탁자를 내리쳤다.

쾅!

"정말 잔인한 놈이라구! 세상이 미쳐 돌아가는 거야. 내

어떤 놈인지만 알면 그냥 콱! 으이그."

"류웨이, 진정하라고. 자네가 여기서 흥분한다고 해서 일이 해결되는 건 아니잖아!"

"푸위안, 넌 아무렇지도 않단 말이야?"

"아무렇지도 않긴, 꽃다운 처녀들이 꽃도 피어 보지 못하고 죽어 나갔는데……. 범인을 잡는다면 그냥 죽여서는 안 돼. 전 인민이 돌아가면서 돌로 쳐 죽여야 한다고!"

"그렇지? 총살형은 너무 약해. 교수형도 그렇고."

"근데 범인이 대체 누굴까? 설마 삼합회나 청방, 홍방은 아닐 테지? 흑수당이나 매화그룹 역시……."

"어? 푸위안, 못 들었어?"

"뭘?"

"이런! 못 들었구나."

"내가 뭘 못 들었다는 거야?"

"삼합회하고 청방에서 자신들의 짓이 아니라고 제일 먼저 발표했다고."

"어? 그래?"

"그럼, 아침에 방송에 나왔었으니까. 그다음 1시간 간격으로 흑수당과 매화그룹이었고 홍방이 제일 늦게 발표했지."

"하! 난 왜 못 들었지?"

"공식 발표가 아니었으니까."

"맞아, 공식 발표는 오후 2시에 한다고 그랬어."

"조직들이야 원래 그런 소식은 가장 먼저 알잖아? 그러니 미리 알고 선수를 친 거지."

"글치. 워낙 엄청난 사건이라 미리 알아서 발을 뺐구먼."

"그런 셈이긴 한데…… 그렇다고 공안이나 경찰이 수사에서 제외시키는 일은 없을 거야."

"이봐, 서로 자신들이 한 짓이 아니라고 하면 조직 간의 싸움이 아니라는 거잖아?"

"그러고 보니 빠오주점이 어느 조직의 소유라는 말이 없네."

"거보라구, 조직들은 당하고는 못 견디는 치들이야. 사람이 그렇게 많이 죽어 나갔는데 꼬리를 말아 넣고 움츠린다는 건 말이 안 되지."

류웨이가 말을 끝냈을 때, 내내 술을 홀짝이며 듣고만 있던 통통한 사내가 잔을 '탁' 하고 놓더니 입술을 쓰윽 닦고는 비릿하게 웃었다.

"으이그, 순둥이들 같으니……."

"뭐? 우리더러 순둥이라고?"

"그래, 짜샤!"

"호오! 우리의 장자방이신 짜오룽 님께서는 어케 생각하시고 계신지 어디 한번 들어 보자고."

"크흠흠, 네놈들은 뭘 하느라 2시 뉴스도 안 본 거야?"

"어? 그러고 보니 여기 오느라 2시 뉴스를 못 봤네."

"난 이미 일찌감치 와서 들었지."

"그래, 뭐라고 했어?"

"뭐, 이미 다 아는 사실 외에 한 가지밖에 없었어."

"그러니까 그게 뭐냐고?"

"설마 그새 살인범을 잡았다는 얘기는 아닐 테고."

"그럴 리가? 살인범은 외국인이란다. 그것도 백인이고 한 명이 총에 맞아 빠오주점 3층에 죽어 있었다더군."

"헐! 외국인이고 백인라면 영국 놈들 짓인가?"

"아니지, 미국 놈들 짓일 수도 있지."

"아니야, 홍콩을 반환한 것 땜에 놈들이 앙갚음을 한 거라구."

"짜식들아, 멋대로 소설 좀 쓰지 마라. 백인이 킬러로 여겨진다고 했으니까."

"키, 킬러?"

"암살자 말이야?"

"그래, 그 자식 가방에서 나온 물건이 죄다 끔찍한 것들뿐이었다고."

"잉, 뭐가 나왔는데?"

"TV 화면에 귀촛 외에 약간의 피아노 선과 수형 절단기, 빠오주점 주변 지도 그리고 놀랍게도……."

"응, 놀랍게도……."

"바로 폭약의 대명사라 불리는 C4가 있었다고."

"헉! C, C4?"

"응, 킬러가 C4를 사용하기 전에 빠오주점 경비원이 죽었다는 거야."

"으아─!"

"하마터면 빠오주점은 물론 중산광장까지 전부 날아갈 뻔했다고."

"으그그그…… 정말 큰일 날 뻔했네."

"그 때문에 폭력 조직에서 청부한 킬러가 아닐까 하고 그쪽으로도 수사 중이라고 했다."

"어? 이미 자신들의 소행이 아니라고 했잖아?"

"풋! 그 말을 곧이곧대로 믿어 줄 공안부가 아니지. 너 같으면 그러겠어? 이건 뇌물이 통할 사건이 아니라고."

"하긴……."

"그리고 전국 공항과 항만에 킬러가 드나든 흔적이 있는지 조사하고 있다더라."

"킁, 그거야 기본인데 여태 조사 중이라고?"

"오죽 많아야지. 시간이 좀 걸릴 거다."

"아무튼 백인이 범인이라면 우리는 상관이 없다는 얘기잖아?"

"그거야 모르지. 홍콩 같은 데서는 백인과 홍콩인이 같이 몰려다니면서 범행을 저지르기도 한다니까."

황색인도 범인일 수 있다는 말.

"씨발, 출항을 못 하면 애먼 우리만 억울해지겠군."

"쩝, 그런데 이 몸은 공안부에서 발표한 것을 믿지 못하겠다."

"어? 아니, 왜?"

"공안이 발표한 걸 안 믿으면 뭘 믿으라고?"

"쯧, 이 순둥이들아, 숨길 것 다 숨기고 껍데기만 뉴스에 내보내는 걸 뭘 믿어?"

"잉? 장자방, 뭐 아는 게 있어?"

"알기는 개뿔…… 만약 범인이 정말 백인이라면 그것도 영국이나 미국 출신이라면, 지금쯤 한창 정치적 뒷거래를 하고 있을 거란 게 내 생각이다. 케헴."

"오호! 그럴듯한데."

"국가와 국가 간의 일이란 게 그런 정치적 논리로 돌아가기 마련이니 새삼스러울 것도 없어. 여기서 중요한 게 빠졌다는 것 알아?"

"그게 뭐, 뭔데?"

"빠오주점을 정체. 아니면 과연 빠오주점 안에 누가 있었냐는 것."

"아! 마, 맞다."

"공안부에서 그걸 왜 말 안 했지?"

"후후훗, 구린 게 있다는 뜻이지. 아니면 말 못 할 사정이 있던가, 크크큭."

"끄응, 장자방, 네 말을 들으니 갑자기 머리가 복잡해지네."

"석두들은 그냥 바람 가는 대로 움직이면 돼. 네놈들은 오늘 배가 제대로 출항할지 어떨지 그 걱정이나 해라."

"뭐? 배가 왜 출항을 못 해?"

"뭐, 출항이야 하겠지만 제시간에는 못 갈 거다. 아무래도 검문이 빡 세질 테니까. 승객들이 타는 시간만 해도 한참 걸릴 테니 말이다."

"아직 그런 조짐은 없어 보이는데?"

"진화항구에서 일하는 친구가 있는데 사건이 일어난 직후부터 벌써 10시간째 출항을 못 하고 있다고 하더라."

"뭐? 10시간!"

"진화항구라면 상해잖아?"

"맞아, 이곳 대련과는 비교도 안 되는 큰 국제항구지. 친구 녀석 말이 각 회사에서 클레임인가 뭔가 맞게 됐다고 난리를 치고 있다더라."

"클레임? 그게 뭐 말이야?"

"무식한 넘들, 그냥 무역하는 데 쓰는 말이란 것만 알아둬. 알아봐야 써먹을 것도 아니잖아? 아무튼 그쪽이 그런 난리 통이니 홍콩이나 마카오로 가는 항구는 이미 봉쇄됐다고 봐야지."

"네미럴, 10시간째라면 우리도 곧……."

"그야 모르지, 대련항은 기껏해야 한국과 일본밖에 운행하지 않지만 상해야 세계 각국으로 가는 배들이 즐비하니 범인이 백인이라서 미리 봉쇄한 것일지도."

벌떡.

"석두들아, 이 몸은 물이나 버리고 와야겠다. 그나저나 기관장님은 왜 안 보이시는 거야? 결국 처남 일로 사달이 난 건가?"

"짜샤, 이미 와서 한잔 들이켠 지가 언젠데 그걸 물어?"

"그래? 근데 왜 안 보이는 거야?"

"손님이 와서 만나고 있지."

"어디 어디?"

"저기 칸막이 너머에."

류웨이가 모서리 부분에 격자무늬로 칸막이를 해 놓은 자리를 가리켰다.

"누구랑?"

"몰라. 어떤 젊은 놈인데 기관장님과 조용히 얘기하고 싶다고 네 녀석이 오기 직전에 저쪽으로 옮겼어."

"호오, 그으래? 뭔 일인지는 모르지만 쩐이 좀 떨어지는 일이었으면 좋겠다. 곧 국경절인데 쩐은 좀 있어야지 안 그래?"

국경절은 중국의 5대 명절 중 하나로 10월 1일이며, 7일간의 휴가가 주어진다.

노동자들에게 휴가비가 절대로 필요한 시기다.

"그러게. 그런 일이었으면 좋겠지만 기관장님의 처남 놈 땜에 또 모르지."

"아, 맞다. 그 노름꾼 자식 땜에 요즘 골머리를 썩고 있지."

"그래, 아마 쩐을 챙길 일이 있다면 그 일부터 해결할걸."

"염병, 그동안의 은혜를 봐서라도 이번에는 양보해야겠군."

"우리도 그럴 생각이야."

"에이, 오줌보가 터지기 일보 직전이라 비우고 와야겠다."

투욱!

담용이 메고 왔던 색을 탁자 위에 올려놓았다.

그런데 뭐가 들었는지 묵직했다.

"8만 달러요."

"......!"

"이건 의뢰를 받아들였을 때의 착수금이고 도착하면 12만 달러를 더 주겠소."

합이 20만 달러다.

판첸퉁이 평생을 벌어도 만질 수 없는 돈.

그 유혹이 적지 않았던지 퉁방울 같은 눈은 데굴데굴 굴렀고, 입술에는 경련이 일었다.

한눈에 봐도 갈등하고 있는 눈치임을 알 수 있었다.

'빌어먹을……'

대련항에 거주하는 선원이라면 판첸퉁의 집안일에 대해 모르는 사람은 거의 없다고 해도 지나치지 않다.

판첸퉁이 그만큼 신임을 얻은 것도 있어 알려진 것일 테지만, 그 외에도 선박의 기관만큼은 그를 따라올 기술자가 없다는 것이 더 유명세를 낳게 했던 것이다.

그러나 그보다 더 중요한 것은 판첸퉁이 어떠한 경우에도 공평하다는 점이었다.

그것이 정식 수익이든 과외 소득이든 뭐든 선원들과 N분의 1로 나눠 똑같이 혜택을 누린다는 것.

이는 그만큼 선원들에게 신뢰를 받고 있는 뜻이기도 했다.

그렇다고 판첸퉁이 마냥 옳은 일만 해 온 것은 아니다.

심심찮게 밀수에 연관된 일을 하기도 했고 또 종종 직접 보따리 장사를 해서 돈을 벌기도 했다.

뭘 하든 발각되지만 않으면 되는 것이다.

발각 이전에 가장 중요시되는 건 믿음이다.

판첸퉁은 어떤 경우에도 그 믿음을 저버리지 않았던 덕에 여태껏 기관장의 자리를 유지해 오고 있는 것이다.

그렇지 않았다면 부하들이 따르기는커녕 벌써 팽을 당했

을 것이다.

솔직히 돈이 다급한 상황이라 지금 심정 같으면 당장 의뢰를 받아들이고 싶은 마음이었다.

그러나 판첸퉁 혼자서는 불가능한 일이다. 기관실에서 일하는 수하들과 합작해야만 가능한 일이었다.

뭐, 그렇다고 부하들에게 양해를 구할 일까지는 아니다. 자신이 하겠다면 무조건 따라오는 자들이니까.

그동안 구축해 왔던 신뢰의 결과다.

하지만 문제는 무슨 물건인지 모르는 상태에서 상대방의 의뢰를 선뜻 받아들일 수는 없다는 것이다.

이런 경우 밀수 물건을 밝히는 일이 절대 없으니 물어보지도 못한다.

그것이 밀수 계통의 관례이기 때문이다.

담용은 판첸퉁의 현재 심리를 알기에 시간을 주지 않고 입을 열었다.

"위조지폐는 아니니 확인을 해 보시오."

견물생심을 이용한 은근한 재촉이었다.

"……?"

맞다. 중국은 위조품과 짝퉁의 천국이 된 지 오래인 나라다.

의뢰를 받든 거절하든 일단 돈 구경부터 해 보고 싶은 마음에 색을 끌어다 매듭을 풀었다.

바인더북

절박함이 생기면 창피함도 사라지는지 달러 뭉치를 꺼내면서도 무뚝뚝한 얼굴에는 표정 변화가 없다.

1백 달러짜리로 모두 여덟 뭉치다.

백 달러 한 묶음이 1만 달러라는 것을 모를 리가 없는 판첸퉁이 돈에 구멍이 나도록 뚫어지게 쳐다보았다.

'후우-!'

달러 뭉치를 만지작거리는 감촉이 나쁘지 않았다.

생각해 보면 결코 적지 않은 나이인 판첸퉁으로서는 그리 간단치 않은 인생이었다.

누구나 그래 왔듯 공산당 치하에서의 인민들은 고생은 운명이었고, 한숨은 일상이었다.

판첸퉁도 예외는 아니어서 뱃사람이 되고 기관장이 되기까지 결코 간단치 않은 인생이었기는 마찬가지다.

상처 없는 인생이 어디에 있겠냐만 지금은 집안이 풍비박산이 날 지경에 이르렀다.

그야말로 파탄지경.

잠시 갈등을 하긴 했지만 골치 아픈 문제부터 해결하는 것이 먼저라는 것을 모르지 않았다.

더불어 20만 달러라는 거액이면 곧 디기올 국경절에 부하 직원들에게 넉넉한 휴가비를 별도로 챙겨 줄 수 있음은 덤이다.

체면이 서는 것이다.

체면과 관계 즉 '미엔즈'와 '꽌씨關係'는 중국인들이 인과관계에서 가장 중시하는 덕목이니 당연했다.

굳이 애써 마음을 읽으려 하지 않아도 판첸퉁의 심정을 짐작한 담용이 입을 열었다.

"기관실에는 기관장실 직원들만 아는 비밀 장소가 있는 것으로 알고 있소."

"그럴 리가……."

당연히 있다. 그것도 공구를 걸어 놓는 벽에.

전동 드릴로 벽을 뜯어내면 꽤 큰 공간이 나온다. 족히 1톤 정도의 물품을 실을 수가 있었다.

'후훗, 됐구나.'

머뭇거리는 자체로 반쯤 넘어왔다고 여긴 담용이 풀썩 웃었다.

"풋, 없으면 만들면 되지요."

"크흠."

상대방도 알고 하는 말이라 판첸퉁은 가타부타 말하지 않고 궁금해하던 것을 물었다.

"크기와 무게는 어떻게 되오?"

그렇게 말하면서 슬며시 색을 챙겨 옆자리에 놓는 판첸퉁이다.

사실 이미 하기로 마음을 먹었다면 돈부터 챙기는 것이 좋다.

"사람 하나를 밀입국시키려 하오."

"사람을? 밀입국?"

"뭐, 나도 돈을 받고 하는 일이니 더 이상 물으면 곤란하오. 다만 한 가지만 언질을 주자면…… 탈북자요."

"탈북자?"

"그렇소."

"으음……."

탈북자라면 요즘 흔하게 눈에 띄는 것은 물론 그에 비례해 탈북 브로커들 또한 흔한 직업이 됐다.

탄첸퉁은 눈앞에 있는 사내 역시 그들 중 한 패거리일 것으로 생각했다.

뭐, 상관은 없다. 남북으로 갈라진 나라의 운명이려니 치부해 버리면 그만이다.

그런데 아무리 고위급 인물일지라도 20만 달러는 결코 적은 대가가 아니었다.

다만 실패했을 때는 목숨을 장담하지 못한다는 것을 명심해야 한다.

책임에는 그만 대가가 따르기 마련이니까.

이런 자들의 속성은 돈 앞에서는 데기만큼 철저히게 복수를 한다는 점이다.

"20만 달러의 값어치가 있는 사람이겠군."

"그건 아직 모르겠소. 경우에 따라서는 단 1달러의 가치도 없는 사람일 수 있으니 말이오."

한국에서의 쓰임에 따라 가치가 달라질 수 있다는 말.

"정말 한 명뿐이오?"

"그렇소."

어쩐지 너무 쉽다는 생각이 든 판첸룽이 다시 물었다.

"밀수품은?"

"없소."

"……?"

"후훗, 달랑 한 사람을 몰래 실어 달라는 것치고는 너무 많은 대가라는 걸 모르지 않소. 이는 그만큼 탈이 생겨서는 안 된다는 뜻이오. 그리고 운송품의 미래를 생각하면 별로 큰돈도 아니라오. 이만하면 의구심은 풀어졌을 것이니 더 이상의 질문은 사양하겠소."

"알겠소. 물품은 내가 책임지고 차질 없이 인천항에 입항할 수 있도록 할 것이오. 받을 사람은 누구요?"

"입항하게 되면 가장 먼저 당신 앞에 나타날 것이오. 그 사람에게 넘겨주면 끝이오."

그 일도 쉽기만 했다. 굳이 화주를 찾지 않아도 되니 말이다.

"아, 그쪽 세관을 걱정한다면 신경 쓰지 마시오. 우리가 이미 손을 써 놓았으니까."

대한민국도 뇌물이 판치는 나라라는 인상을 주겠지만 지

금은 그게 문제가 아니었다.

"한 가지 더 있소."

"……?"

"운송품이 백인이라면 불가요."

제 딴에는 중국인이랍시고 백인 살인마를 실어다 줄 수 없다는 말이다.

"아, 아. 오늘 새벽에 일어난 사건 땜에 그러는 거라면 안심해도 좋소. 이미 말했지만 북한 사람이니까."

담용이 백인 킬러와 공범(?)이었지만, 시기가 좀 묘하기는 했다.

"확인이 필요하오."

"좋을 대로 하시오, 어차피 서로 대면해야 뭔 일이라도 할수 있을 테니까. 언제 어디로 데려오면 되겠소?"

"흠, 시기가 좋지 않으니 우리가 사람을 직접 데리고 와야안심이 되겠소."

그들 나름대로 비밀 루트가 있다는 말.

불감청고소원이다.

"그래 주면 우리야 좋지요."

"서비스 차원 아니라 서로가 얼굴을 붉히기 전에 안전한거래를 위한 거요."

"하하핫, 그만큼 신뢰가 가는 일이기도 하지요. 거 왜 이런 말이 있지 않소? 신뢰의 무게는 마음을 무겁게도 하지만 기쁘게도 한다고."

"그 말은…… 인정하오."

다음 권으로 이어집니다

바인더북

ROK
MEDIA

감쳐온

흑신마 퓨전 판타지 장편소설

마왕

『백염의 심판자』, 『타격왕 강현수』
흑신마표 강력 판타지!

불우한 사고로 식물인간이 된 소년 강철
영혼 차원 이동 프로젝트에 선발되어
외계 프로그램 베타의 도움으로
강력한 힘의 열쇠를 가지고 소생하다

뱀파이어의 권능 불사, 지배!

몬스터들의 힘을 흡수하며
막강한 힘을 부리게 된 그의 목표는 단 하나
강해지고 싶다. 끊임없이 강해지고 싶다!

드래곤조차 그의 발판일 뿐!
강함의 한계를 초월한다!
순수 강함 주인공 등장!